Volle Maan

Uitgeverij: FC Klap B.V.
©2002 FC Klap B.V.
          Eerste druk, april 2002

ISBN: 90-77119-01-9
NUR: 307

©Tekst: FC Klap
          Gijsbert de Fokkert
          Rogier van 't Hek
          Vincent Weggemans

©Ontwerp omslag:
          Simone van Kins, MooiMedia
©Fotografie omslag:
          Ray Christian / De Kroon Studio
©Artwork omslag:
          Michael van Randeraat / Locust Entertainment

Druk- en bindwerk:
          Hoonte Bosch & Keuning

Gebaseerd op het filmscript 'Volle Maan', geschreven door Mischa
Alexander. Naar een verhaal van Johan Nijenhuis en Mischa Alexander.

Volle Maan

Uitgeverij FC Klap, Hilversum

Inhoud

Hoofdstuk 1

Eindelijk klaar

Het is donderdagmiddag. Toch lijkt het weekend, zó verlaten oogt de school. Een flets voorjaarszonnetje prikt door de ramen, dwarrelend stof danst door de lichtbundels. Hans Nijboer bedenkt dat het waarschijnlijk de laatste keer is dat hij door deze schoolgang loopt. Bij elke voetstap kraakt de houten vloer. Gek. Dat was hem in het geroezemoes nooit eerder opgevallen. Op elke deur die hij passeert, staat dat ene beruchte woord. EINDEXAMENS! De borden manen iedereen tot stilte, de uitroeptekens dulden geen tegenspraak. De afgelopen weken was Hans bijna elke dag op school, maar vandaag is hij hier toch écht voor het laatst. Als hij de gymzaal binnenloopt voor zijn allerlaatste havo-examen zitten daar ruim honderd medeleerlingen gespannen klaar.

"Jongeman! Kun je even doorlopen? We zijn hier bezig met een eindexamen, zoals je ongetwijfeld weet." Het sarcasme in de stem van de docent ontgaat Hans niet.

"Zodra je de opgaven openslaat, heb je twee uur om het examen te maken. Als je eerder klaar bent, verlaat je rustig de zaal. Ik weet dat dit het laatste examen is, maar gun je klasgenoten de stilte om zich te concentreren."

Hans loopt langs Andrea en zoent haar vol op de mond.

"Waar bleef je?"

"Ik ook van jou", antwoordt Hans lachend.

Zoals altijd ziet Andrea eruit om op te vreten. Met haar steile, lange blonde haren is ze dé kanjer van de school. Of, zoals Hans' beste vriend Bobbie zou zeggen: 'Dat is écht een lekker wijf!'

"Nijboer!" klinkt de dwingende stem van de docent.

Hans loopt kalm langs de tafel van de docent en ploft vooraan op één van de laatste lege stoelen. Bobbie heeft een plaatsje voor hem vrij gehouden. De opgaven liggen klaar.

"Dan mag je nu het opgavenblad openen. Het examen begint…"

Hans kijkt op de klok. De secondewijzer tikt tergend langzaam door en jawel hoor, klokslag half tien roept de docent: "Succes!"

Hans' ogen dwalen over het papier, hij kan zich niet concentreren. Onderuitgezakt denkt hij aan zijn broer Ties, die drie jaar geleden het Twentse platteland ontvluchtte. Op de zeilboot van vader Nijboer vaart hij nu toeristen langs de mooiste plekjes van Mallorca. Leek hij maar wat meer op zijn broer. Ties maakt zich geen zorgen over de toekomst, die piekert niet over wat hij later wil worden. Hans wel. De afgelopen maanden werd hij tot vervelens toe lastig gevallen over zijn toekomstplannen. 'Wat wil je gaan doen na je havo?' 'Welke open dagen ga jij bezoeken?' Mesjoche werd hij van al die vragen! Hij is pas achttien jaar, wat loopt iedereen toch te zeuren over die toekomst? Alleen zijn vader zeurt niet, die verwacht gewoon dat Hans na de havo direct in zijn zaak komt. "Ja jongen, wie wil er nu niet in een florerend aannemersbedrijf werken?" Hij hoort het zijn vader nóg zeggen. Ook Andrea ziet het wel zitten om getrouwd te zijn met een jonge en rijke aannemer…

"Geen zin vandaag?"

Hans schrikt op uit zijn gedachten en kijkt naar de langslopende docent, die op zijn beurt naar de klok wijst. Tien uur alweer! Voordat Hans het formulier opent, spieden zijn ogen nog even rond. Zijn blik treft Andrea. Ze lacht lief naar hem, knipoogt en wijst zuchtend naar de opgaven…

Naast haar lijkt de intelligente Esmé de meerkeuzevragen

probleemloos in te vullen. Bobbie heeft het toch maar goed getroffen, denkt Hans, al mag ze wel iets meer aan haar uiterlijk doen… Ze heeft donker, halflang haar en een knap koppie. Het interesseert haar echter weinig, tot groot verdriet van haar vriendje.

Aan het tafeltje naast Bobbie schiet ook Rikkie Kuperus met een noodvaart door de opgaven. Rikkie heeft niet alleen het verkeerde uiterlijk, hij gedraagt zich ook nog eens als een *nerd*. Hans slaakt een diepe zucht. Hij moet maar eens aan het werk. Uit zijn ooghoeken ziet hij plotseling Rikkie opstaan om zijn opgaven in te leveren. Ook de docent kijkt verwonderd op zijn horloge. Nu al? Een aantal leerlingen begint te joelen. Met opgeheven hoofd loopt Rikkie snel naar de docententafel. Het volgende moment dreunt hij met een smak op de houten vloer. Zijn bril klettert op de grond en verdwijnt tussen de tafeltjes. Bobbie krijgt een staande ovatie. Het was natuurlijk zíjn been waarover Rikkie struikelde.
"Sukkel!" loeit Bobbie.
"Zag je dat, Hans? Zag je dat?" vraagt hij, bevestiging zoekend bij Hans.
"Wat een loser."
Hans staat op en geeft Bobbie een high five.
"Terug naar je plaats jij, en de rest: stilte!" De docent is niet van plan om het examen nog langer te laten verstoren.
Rikkie krabbelt overeind, grist zijn bril van de vloer en rent de zaal uit. Hij scheert rakelings langs Treesje, de gothic-*weirdo* van de klas. Zij tikt met een potlood tegen haar tanden. Treesje, een echte eenling, heeft een neuspiercing en gitzwart haar. Ondanks dat uiterlijke vertoon is ze een stille meid. Volgens haar zeggen mensen toch alleen maar negatieve dingen. Ook zij is al klaar met haar opgaven. Wanneer ze die inlevert, fronst de docent zijn wenkbrauwen. Treesje zegt niets en sjokt de gymzaal uit.

Ze heeft het hele opgavenblad zwart gekrast, alleen de goede antwoorden liet ze wit. Typisch Treesje. Toch heeft Hans stiekem wel bewondering voor haar. Zij trekt zich van niemand iets aan. Zelfs haar ouders hebben weinig invloed op haar. Een studiebegeleider vroeg haar vorige maand welke vervolgopleiding ze wilde doen. "Wat kan mij dat nu schelen", had ze geantwoord. "Misschien ben ik morgen wel dood."

"Hans!"
Hans schrikt op uit zijn mijmeringen. In de gymzaal zitten nog maar een paar leerlingen. Ook Andrea loopt langs om haar werk in te leveren. Hij moest zich maar eens aan het werk zetten. Buiten ziet hij Bobbie op zijn borst roffelen. Vervolgens smijt hij, onder luid gejuich, demonstratief zijn boeken op het schooldak. Samen hebben ze de afgelopen jaren op de havo de gekste dingen uitgehaald. Esmé en Andrea kunnen het gelukkig ook goed met elkaar vinden. Bobbie gooit met een overdreven lange haal zijn laatste boek op het dak. Glimlachend begint Hans de vragenlijst in te vullen.

"Welke havenstad heb jij ingevuld?" vraagt Steven, als Hans uiteindelijk komt aansloffen.
"Wat wil je weten?" vraagt Hans.
Steven is al vanaf de basisschool één van de beste vrienden van Hans. Naast Steven staat Natasja, met wie hij al jaren een vast duo vormt. Eigenlijk zouden ze verkering moeten hebben, maar dat is er vreemd genoeg nooit van gekomen.
"Wat is de één na grootste havenstad van Azië?"
Esmé en Natasja antwoorden tegelijk: "Sjanghai!"
"Hmm," mompelt Hans en haalt zijn schouders op.
Hij legt zijn arm om Andrea.
"Hoe ging het bij jou?"
"Ik begrijp gewoon niet waarom wij hier in Nederland

moeten weten waar Sjanghai ligt", moppert ze.

Treesje passeert de groep in een dikke zwarte cape, véél te warm voor dit weer. Hans tilt Andrea op en tolt een paar rondjes. Dan ziet hij zijn vader aankomen. Op de zijkant van de terreinwagen staat met grote letters 'AANNEMERS-BEDRIJF NIJBOER'. Met zijn behaarde linkerarm nonchalant uit het raam schreeuwt hij de groep al van grote afstand toe: "Hé studiebollen, hoe ging het vandaag?"
Iedereen kwekt door elkaar.
"Ging wel."
"Eitje."
"Goed."
Alleen Hans antwoordt niet. Nijboer stapt uit zijn auto, grijnst, en haalt met een gulle glimlach een stapel vlieg-tickets uit zijn binnenzak.
"Zijn jullie klaar voor de vakantie? Oké, daar gaan we. Bobbie?"
"Ja, meneer Nijboer."
Het eerste ticket wisselt van eigenaar.
"Steven?"
"Natasja?"
"Esmé?"
"Hans en Andrea?"
"Dank u wel, meneer Nijboer", roepen ze in koor.
Andrea kust de vader van Hans.
"Bedankt paps!"
"Sinds wanneer noem jij hem paps?" vraagt Esmé verbaasd.

Jan Nijboer kijkt om zich heen. Hij zoekt iemand.
"Waar is die jongen van Kuperus?"
Bobbie wijst naar Rikkie, die een stuk verderop zit. Met wat andere leerlingen controleert hij de antwoorden in de boeken. Jan Nijboer loopt erheen.

"Wat ga je doen, pa? Dat is een ontzettende sukkel", roept Hans hem nog na. Nijboer kijkt met een verstoorde blik even om.

"Het is mijn boot, dus ík bepaal de regels. Het wordt tijd dat jij eens wat leert over zakendoen."

Nijboer beent door.

"Hé Kuperus!"

Rikkie, die volledig verdwijnt in de grote schaduw van Jan Nijboer, kijkt verschrikt op.

"Mijn zoon gaat morgen een week zeilen met zijn vrienden en hij zou het erg leuk vinden als jij ook mee gaat."

Rikkie kijkt argwanend naar Hans. Nijboer draait zich om.

"Toch, Hans?" Zijn vader kijkt hem dwingend aan.

Wat nu? Hij wil Rikkie niet mee hebben, maar het moet wel van zijn vader. Kan hij nog nee zeggen?

"Eh, ja."

"Mooi! Hier is je ticket Kuperus. Veel plezier aan boord."

De verbazing druipt van de gezichten van Rikkie's vrienden. Ook de vrienden rond Hans weten niet wat ze zien. Vol ongeloof tuurt Rikkie naar het ticket. Teruggekomen bij de groep legt Nijboer zijn strategie uit.

"Kijk, de vader van Rikkie is wethouder Ruimtelijke Ordening. De gemeente gaat volgend jaar een nieuwe wijk in het Buitense Veld bouwen. Drie keer raden wie dat gaan doen? Wij! Omdat wij zo nu en dan trakteren. 'Goodwill creëren' heet dat in de zakenwereld", zegt Nijboer en geeft een vette knipoog.

Hans kijkt vertwijfeld om zich heen. Zo gaat het zijn hele leven al. "Zou jij willen afwassen?" is in huize Nijboer: "Jij gaat nu afwassen." En nu is het: "Rikkie gaat mee."

Vader Nijboer vervolgt, terwijl hij een arm over de schouder van zijn zoon legt: "Wees niet bang. Dat leer je vanaf volgende week allemaal op de zaak. En wees een beetje aardig tegen Kuperus, oké?"

Nijboer draait zich naar Andrea. "Kom je ook?"

Vol gas stuift de terreinwagen het erf van het aannemersbedrijf op. Met piepende banden stopt Jan Nijboer voor het
huis. Opnieuw kan Hans zijn ogen niet geloven. De complete dorpsfanfare staat opgesteld en speelt een enthousiast wel-
komstlied. Tientallen bouwvakkers staan klaar om hem te
feliciteren.
"Verrassing…"
Jan Nijboer parkeert de wagen. Hans stapt aarzelend uit,
maar zijn vader grijpt hem trots bij de kladden en duwt hem
naar voren. Zijn schooltas is, samen met een enorme vlag, al
door een takelwagen de lucht in gehesen. De verbouwereer-
de Hans krijgt onmiddellijk een koord in zijn handen. Vader
sommeert hem om daar maar eens "een flinke ruk" aan te
geven. Hilariteit alom. Een groot doek glijdt langzaam van de
loods af.
'JAN NIJBOER EN ZONEN'.
Een trotse Andrea zoent Hans spontaan op zijn mond. Om
hem heen weerklinkt klaterend applaus. Blikjes bier worden
opengetrokken. Bouwvakkers klokken het pils gretig naar
binnen, schudden Hans de hand of rammen hem op zijn
schouder. Hans laat alles gelaten over zich heen komen.
Intussen zoekt Nijboer wethouder Kuperus op.
"Kuperus, je zoon gaat morgen varen op mijn boot in de
Middellandse Zee. Wat dacht je daarvan?"
Voordat de wethouder echter kan antwoorden, wordt Jan
Nijboer aan zijn arm getrokken.
"Hoe kun je dat nou doen?"
Hans kijkt beteuterd. Hij weet niet of hij dit allemaal wel wil.
"Wat?" zegt zijn vader. "Vind je het niet leuk?"
"Jawel, maar…"
Hans gooit het over een andere boeg.
"Er staat: 'en zonen'. Denk je dat Ties in de zaak wil?"

Zijn vader reageert heftig.

"Het wordt hoog tijd dat Ties eens naar huis komt! Hij verdoet zijn tijd op die boot, terwijl wij hier het bedrijf runnen."

Hans pareert: "Hij wil muziek maken. Ties is muzikant."

Terwijl hij dit zegt, durft Hans zijn vader niet aan te kijken…

"Jij houdt van zeilen, maar dat maakt je nog geen kapitein. Ties is een slampamper. Luister, jij krijgt die vakantie en die vliegtickets natuurlijk niet voor niks. Aan het einde van de week neem jij Ties gewoon mee naar huis. Met zijn drieën gaan we het bedrijf nóg groter maken. Goh, wat zou mama trots zijn geweest!"

Hans reageert. Feller nu.

"Mama zou ook willen dat Ties dát doet, waarvan hij zelf gelukkig wordt."

"En jou en mij in de steek laten?" kaatst Nijboer de bal terug.

Daar kan Hans niet tegenop.

"Loop eens mee", zegt Nijboer.

Hans en Andrea lopen achter hem aan naar één van de loodsen.

"Jij brengt Ties mee terug, oké? Dat is me een hele hoop waard."

Achter de loods staan twee gloednieuwe Landcruisers met vierwielaandrijving. Een rode en een groene. Voor de derde keer die dag valt Hans' mond open van verbazing.

"Jullie hebben natuurlijk allebei een auto nodig."

Hans smelt. Zijn vader weet hem altijd op de juiste manier aan te pakken. Veel liever had hij zijn vader verteld dat hij gewoon eens rustig over zijn toekomst wilde nadenken. Maar allemachtig… dit zijn wel hele gave Landcruisers!

"Wij nemen de rooie, hè?" Andrea knikt. Ook zij ziet een Landcruiser wel zitten…

"Dat zoeken jullie onderling maar uit. De enige voorwaarde is dat jullie met Ties terugkeren."

Nijboer houdt zijn zoon twee bossen sleutels voor.

"Deal?"

"Deal!" roept Hans.

Tevreden beent Nijboer weg. Andrea gluurt naar het interieur van de rode Landcruiser.

"Wow, echt *cool* Hans!"

Hoofdstuk 2

Het vertrek

"Hé eikel!"

Hans rent de loopplank van de zeilboot op en vliegt zijn broer om de nek. Razendsnel pakt Ties hem in een heupworp en smakt hem tegen de reling. Met zijn volle gewicht gaat hij bovenop Hans zitten.

"Hé broertje! Nog steeds een mietje? Ik had gedacht dat je wel wat sterker was geworden, maar volgens mij heb je de afgelopen jaren alleen maar pap en koekjes gegeten."

Hans proest het uit. "Als je me loslaat, zal ik je wel even alle hoeken van de boot laten zien… En als je daarna je blauwe plekken aan het tellen bent, stel ik mijn vrienden aan je voor."

Lachend trekt Ties hem omhoog.

"Andrea ken je. Bobbie en Esmé ook. Die daar met haar make-upspiegeltje is Natasja. Als Steven niet zo'n nichterig overhemd had aangetrokken, herkende je hem ook wel. En als laatste Rikkie."

Onder het handenschudden bekijkt Hans zijn broer eens rustig. Ties was altijd al een halve kop groter, de afgelopen jaren is hij door zijn werk op de zeilboot ook een stuk breder geworden. Hans moet even lachen om Natasja. Zij weet zich geen raad met de lange haren en het ontblote bovenlijf van Ties. In de taxi op weg naar de zeilboot had ze het al over hem. "Weten jullie wel dat ik nog eens met Ties heb gedanst? Toen was ik nog erg jong… maar nu…" Wat ze zei, werd met gejuich ontvangen. Het wordt dan ook voor iedereen een spannende vakantie. De komende week is een aaneenschakeling van zon, zee en strand, met als absolute climax natuurlijk de Full Moon Party. Aan het einde van deze week komen alle jongeren van de omliggende eilanden bij elkaar om dit feest te vieren. De grote vraag is alleen nog op welk eiland het feest is...

"Hé Ties, weet je al waar de Full Moon Party is?" Hans kijkt zijn grote broer vragend aan.

"Nog niet, maar daar komen we wel achter. Eerst vertrekken we uit deze viezigheid. Die smerige smog slaat op mijn keel. Kom op, jongens. Een beetje tempo. Jullie zitten niet meer op de havo. Hans, hou jij de boot af?"

Op de motor vaart Ties de haven van Mallorca uit. Hans en zijn vrienden zoeken vrolijk in de kajuit naar slaapplaatsen. De tweemaster uit 1955 biedt ruimte aan acht personen. Hans eist de grootste kamer voor hem en Andrea op. "Hier Bobbie, jij en Esmé gaan hier. Steven? Pak jij deze kamer met Natasja? Of slaap je liever met Rikkie of Ties?" Hans en Bobbie gniffelen. In de keuken trekt Hans een plank tevoorschijn.

"Hier Rikkie, dit is jouw suite."

Ook Bobbie doet een duit in het zakje.

"Zo. Dat ziet er goed uit Rikkie. Hoeveel kost dat nou, zo'n penthouse'je?" Bobbie pakt Rikkie even in de houdgreep.

"Ga je een hoop wijven versieren, Rikkie? Lekker even van bil deze vakantie?"

Lachend lopen Hans en Bobbie weg. De komende week wordt heel gezellig, dat is zeker.

Wanneer alle spullen zijn uitgepakt, loopt Hans het trappetje op en gaat bij Ties aan het roer staan. Langzaam vervaagt de Spaanse kust. Na enige tijd lijkt deze zelfs niet meer te bestaan. De hectiek van de drukke straten van Mallorca is geheel verdwenen. Het enige geluid is het pruttelende geluid van de motor. Om zich heen ziet Hans alleen nog maar het donkerblauwe water van de Middellandse Zee. Vierentwintig uur geleden zat hij nog een examen te maken…

"En broertje, geslaagd?"

Hans haalt zijn schouders op.

"Mwa..."

Ties vervolgt. "Ga je nu bij pa in de zaak werken?"

"Ja." Hans zet direct door. Hij heeft met zichzelf afgesproken dat hij alle onzekerheid direct aan het begin van de vakantie zou wegnemen. Ties gaat gewoon mee terug naar Nederland.

"Waarom kom jij ook niet?"

"Als jij pa opvolgt, hoef ík toch niet meer?"

"De laatste twee jaar is de omzet vijf keer zo groot geworden. Werk genoeg voor allebei." Hans kijkt Ties aan, maar deze tuurt over het water.

"Bedankt voor het aanbod."

"Oh ja, jij doet toch alleen maar waar je zelf zin in hebt."

Met een ruk draait Ties zijn hoofd naar Hans.

"Wat? Jij doet toch alleen maar waar je zelf zin in hebt? Dit gaat niet over of je zondagmiddag wel of niet meegaat naar tante Carla! Dit gaat om wat je in je leven wil doen."

"Zoals muziek maken?" vraagt Hans aarzelend.

"Bijvoorbeeld."

Hans blijft volhouden. "Ik hou van zeilen, maar dat maakt me nog geen kapitein."

Daar! Hier heeft Ties zeker niet van terug. Ties begint echter hard te lachen.

"Dat is de grootste bullshit die ik ooit heb gehoord. Van wie heb je dat? Die onzin geloof je toch zelf niet? Neem jij even over?"

Kwaad loopt Ties weg van het roer.

"Oké slappelingen, we gaan de zeilen hijsen." Als een drilsergeant spoort Ties de zonnebadende tieners aan.

"Omdat je het zo vriendelijk vraagt." Bobbie lag net lekker in de zon en heeft nog helemaal geen zin om zich nu al in te spannen.

"Kop dicht." Ties haakt er meteen op in. "Aan boord is er maar één de baas. Weet jij meer van zeilen, dan ben jij dat. Heel simpel. Hoeveel jaar zeil je al?"

Bobbie kijkt beduusd. Daar overvalt Ties hem even. "Zes jaar."

"En als je de jaren met dat Optimistje van je daarvan aftrekt?"

Bobbie steekt twee vingers op.

"Doe dan maar gewoon wat ik zeg. Anders gaat alles fout."

"Zeg maar wat ik moet doen." Natasja staat enthousiast op.

"Grijp jij de schoot. Dat is die rood-wit geblokte lijn daar."

Natasja grijpt een werkloos touw. Bobbie staat treiterend traag op, maar Ties biedt hem geen ruimte. Bobbie krijgt de val in handen geduwd.

"Helpen."

"Hans, daar gaan we!"

Hans zet de motor iets zachter. Hij verstevigt zijn greep op het roer. Het grootzeil gaat de lucht in. Natasja, die bewonderend naar het bezwete bovenlijf van Ties staart, wordt verrast door de schoot die door haar hand schiet. De giek klapt om en het zeil begint te klapperen.

Ties zet de val vast en schreeuwt naar Natasja.

"Schoot aan!"

Zij begrijpt hem niet. Hans lacht en besluit haar te helpen.

"Schoot aan betekent dat je die lijn moet aantrekken."

Blozend begint Natasja aan het touw te sjorren, maar nog steeds lukt het haar niet. Het is te zwaar. Steven schiet te hulp. Met al hun kracht houden ze samen de wind in het zeil. Ties pakt hoofdschuddend de schoot van Natasja en Steven en slingert deze twee slagen om een lier.

"Hier. Kun je hem beter houden."

Uit zijn ooghoeken ziet Hans Rikkie de kajuit inkruipen. Als hij er wat van wil zeggen, is Ties hem al voor.

"Jij daar, Dirkie. De fokkenschoot."

Ties hijst inmiddels de fok. De schoot begint te klapperen. Rikkie probeert het te grijpen, maar dat lukt niet. Snel pakt Bobbie de fokkenschoot en trekt die strak.

"Goed zo, Bobbie."

Dan keert de rust terug op het schip. Hans kijkt tevreden naar de bollende zeilen. Om hem heen zit iedereen te genieten. Naast Bobbie en hijzelf is dit voor de anderen de eerste keer op een zeilboot. Ze vinden het hartstikke cool. Andrea komt bij Hans aan het roer staan.

"Wil jij varen?" Hans legt de handen van Andrea op het roer. Zij kijkt hem opgewonden aan. Dan laat Hans het roer los en gaat achter haar staan. Andrea voelt de kracht van het schip in haar armen. Hans slaat zijn armen om haar middel. Samen turen ze naar de einder.

"Heel goed mannen." Ook Ties waardeert een goed zeilend schip.

Hans grijnst. Dit is vakantie.

Hoofdstuk 3

Onverwacht bezoek

Hans zit samen met Bobbie op de voorplecht. Met een blikje bier in de hand praten zij over vrouwen. Lachend bekijken ze de meisjes. Die doen op keiharde muziek een meidengroep na. De beats schallen over het water. Hier mag de muziek zo hard als je wilt; niemand heeft er last van. Met z'n drieën dansen de meisjes tegen de touwen alsof het showpalen zijn. Hun blikjes bier gebruiken ze als microfoons. Hans ziet Esmé kwaad naar Bobbie kijken.

"Hebben jullie ruzie?"

"Nee, niet meer. Tijdens onze verkering wél, nu niet meer. Esmé heeft het vanmiddag uitgemaakt." Bobbie staart voor zich uit. Hans kan zijn oren niet geloven.

"Wat? Dat meen je niet."

"Toch wel. Ze deed stom, wilde ineens niet meer bij me op de kamer en toen maakte ze het uit."

"Waarom wilde ze niet bij jou liggen?" Hans kijkt zijn vriend niet-begrijpend aan. Bobbie en Esmé zijn écht leuk samen. Op 'Girls just wanna have fun' van Cindy Lauper gaan de drie dames nu helemaal uit hun dak. Esmé lijkt niet echt onder de breuk te lijden. Uitdagend kijkt ze Bobbie aan.

"Ik had verteld dat dit onze laatste week samen zou zijn. Dat klopt toch? Ik ga in Rotterdam studeren en Esmé blijft in Zwaanlo. Zij gaat het vwo doen."

Hans: "Ja, en?"

"Wat nou, ja en? Met die lange afstand kun je toch geen relatie hebben? Dat is hartstikke ingewikkeld. Stel: zij ziet me een tijdje niet en voelt zich eenzaam. Ze ontmoet iemand die ze leuk vindt. Dan kan er toch van alles gebeuren? Dat probeerde ik haar uit te leggen, en toen ging ze kinderachtig doen."

Hans gelooft zijn oren niet.

"Wat een botte en onsentimentele klootzak ben je toch. Jij zegt tegen haar dat je in Rotterdam andere meiden gaat versieren en je vindt het gek dat zij boos is?"

Dit is echt weer iets voor Bobbie. Die denkt niet na. Bobbie springt uit een boom en vraagt zich dan pas af of er een matras onder ligt. Ook nu weer met Esmé. En nu is het opeens uit. Hans kijkt even naar Andrea. Die komt al jaren bij hen over de vloer. Sinds zijn moeder is overleden, doet Andrea vaak de was, of kookt ze 's avonds voor hem en zijn vader... Hij zou niet zomaar zonder haar kunnen.

"Boyzone?" Bobbie is inmiddels opgestaan en heeft een aantal cd's van Steven in zijn handen.

"Enrique Iglesias? Wat zijn dit voor smerige cd's? Dit zijn alleen maar jongens! We gaan toch zeker niet naar die nichten luisteren?" Eén voor één smijt Bobbie de cd's in het water.

"Hé lul, die heb ik zelf gebrand. Geef hier." Steven vliegt Bobbie om zijn nek. De cd-hoesjes drijven langzaam van de boot weg. Iedereen lacht om de stoeiende jongens, tot ze worden opgeschrikt door een schallende megafoon.

"This is the police. Stop the boat. This is the police."

Met een enorme snelheid komt een politieboot aanstuiven. Bobbie begint direct de bierblikjes op te ruimen. Hans en de anderen staan aan de reling naar de aanstormende boot te kijken.

"Stop the boat."

Ties stuurt de neus van de zeilboot vaardig in de wind. De politieboot mindert vaart en komt langszij. Dan ziet iedereen Treesje Waanwolf op het dek van de politieboot staan.

"Hè? Wat doet die mafdoos hier?" Andrea kijkt Hans met een verontwaardigd gezicht aan. Treesje wappert met een doosje pillen.

Hans: "Weet ik veel. Waanwolf is gek." Hij draait zich naar Bobbie.

"Heb jij wel eens met haar gepraat?"

"Kan Waanwolf praten?" grapt Bobbie terug.

Iedereen lacht. Treesje wordt intussen met een kraan aan boord gehesen. Als ze uit het tuigje is, neemt de politieboot snel afstand. Ze zet haar tas op de grond, maar terwijl ze zich omdraait, valt deze om.

"*Thank you.*" Treesje steekt haar duim omhoog.

"*Thank you. You saved his life!*"

Ze loopt op Rikkie af en steekt hem een pilletje in zijn mond. Rikkie schrikt zich een ongeluk. Ze fluistert in zijn oor.

"Je hebt epilepsie en je bent je pillen vergeten. Slik door."

De politieboot geeft nu vol gas en stuift weg. Iedereen kijkt verwonderd naar Treesje.

"Sorry dat ik wat laat ben. Ik wilde eerst niet mee, maar mijn psychiater zei dat ik in een fase ben beland waarin ik nieuwe mensen moet ontmoeten."

Iedereen kijkt haar verbaasd aan.

"Vandaar dat ik nu toch mee op schoolreisje ben."

Achter haar rug raapt Rikkie een etui op dat uit haar tas is gevallen. Pillen en doordrukstrips in alle soorten, maten en kleuren liggen door elkaar. Rikkie grijpt een bijsluiter en begint die aandachtig te lezen. Hij vraagt zich af wat hij net doorgeslikt heeft.

Andrea: "Schoolreisje? Dit is helemaal geen schoolreisje."

"Meen je dat nou?" Met een spottend glimlachje draait Treesje zich om en zwaait naar de wegvarende politieboot. Ze klemt de tas tegen haar buik en grist het etui uit Rikkie's handen. Dan gaat ze in een hoek zitten en kijkt rustig om zich heen. Hans loopt haar voorbij en opent een blikje bier.

"Je laat haar toch niet blijven?" Andrea staat achter Hans.

"Wat moeten we dan?"

"Ze is psychiatrisch patiënt. Ze is gek!"

"Wat wil je dan? Moet ze overboord?"

"Geen slecht idee. Laat dat kreng maar verzuipen."

Verbaasd kijkt Hans naar Andrea, die op Treesje afstapt.

"Wat doe jij hier?" bitst ze.

"Gewoon." Treesje haalt haar schouders op.

"Wat gewoon? Vind je dit gewoon? Binnenvallen op mijn vakantie? Je verpest de hele sfeer."

"Ik zat met mijn vader en moeder op een camping bij Benidorm. Geloof me, daar is het pas echt ongezellig. Dus ik dacht, kom, ik ga even langs. Ik heb liever met jullie geen leuke tijd, dan met mijn ouders…"

"Je bent gek", roept Andrea. "Je zegt geen woord, hoor je me! Ik laat mijn vakantie niet door jou verpesten."

Hoofdstuk 4

Herinneringen

De boot ligt in de haven van Eivissa. Hans en zijn vrienden hebben net het avondeten achter de kiezen. In de kajuit zitten de jongens te kaarten. Die middag heeft Bobbie een zwarte ronde hoed gekocht en nu wilde hij met alle geweld een potje kaarten. In zijn mond een dikke sigaar. De dames maken zich op, met uitzondering van Andrea, die staat af te wassen.

"Hé." Bobbie imiteert de stem van maffiabaas Don Corleone. Hans schatert.

"Hé. Rikkie. Of jij gooit nu een kaart… óf ik laat je kennismaken met tachtig kilo Nederlands vlees."

Vanonder zijn hoed kijkt Bobbie Rikkie dreigend aan. Rikkie kijkt echter naar Treesje. Die is in de weer met haar etui vol pillen. Aandachtig bestudeert ze pilletjes uit één van de doordrukstrips. Intussen praat ze ertegen alsof het haar kindjes zijn.

"Kom maar bij Treesje. Hebben jullie het koud? Voelen jullie je goed?"

"Rikkie!" Hans slaat keihard tussen Rikkie's handen op de tafel. Geschrokken gooit Rikkie blind een kaart op tafel.

Andrea haalt de laatste vieze borden van tafel. Hans leunt tevreden achterover. Thuis zitten zijn vader en hij ook altijd nog aan tafel als Andrea afruimt. Samen hebben ze vaak aangeboden om te helpen, maar Andrea wil daar nooit iets van weten. "Jullie moeten overdag al hard genoeg werken", antwoordt ze dan. Ook nu is ze weer druk bezig terwijl hij lekker met zijn vrienden zit te kaarten. Hij heeft het toch maar getroffen met Andrea. Hans volgt de blik van Andrea naar Treesje, die inmiddels met zwarte make-up haar ogen bijwerkt.

"Gadverdamme, je ziet eruit als een monster." Andrea steekt haar ongenoegen niet onder stoelen of banken.

"Dat ben ik ook. Alleen kan een monster een gelukkig monsterleven leiden en ben ik gedoemd om voor altijd ongelukkig te zijn." Treesje tikt Rikkie hard op zijn vingers. Rikkie was bezig om een bijsluiter uit het tasje te vissen.

"Hoe kom je aan die pillen?" Rikkie blaast zachtjes tegen zijn hand, die nog tintelt van de klap van Treesje.

"Die zijn van mijn psychiater. Wil je weten waarom?"

"Omdat je gek bent, dat zien we zo wel." Andrea laat de afwas voor wat het is om het gesprek te volgen.

"Ik ben niet gek. Ik ben manisch depressief."

De jongens staken het kaartspel en luisteren naar Treesje.

Andrea: "Wát ben je?"

"Ik heb een hekel aan alles. Aan fluitende vogels. Aan de wereld. Aan mezelf. Maar het meest heb ik nog een hekel aan nieuwsgierige mensen zoals jij." Treesje kijkt Andrea uitdagend aan. Die draait zich weer om. Hans ziet aan haar nek dat ze kwaad is. Treesje neemt nog een pilletje.

"Van sommige word je heel vrolijk… Eventjes." Treesje biedt nu ook de anderen een pilletje aan.

"Er is genoeg voor iedereen."

Treesje toont de inhoud van het etui. Bobbie en Hans gaan verder met kaarten, maar Rikkie kijkt aandachtig in het etui en ontwaart zelfs enkele buisjes. Een paar groene gummy gelukspoppetjes vallen op tafel.

"Heeft hij je die allemaal gegeven?"

Treesje schudt geheimzinnig haar hoofd.

"Die lagen op een tafeltje."

Andrea draait zich naar Esmé, die druk bezig is met d'r haar.

"Helemaal gestoord."

"Dat is beter gezegd ja. Gestoord. Ik ben niet gek, maar eerder gestoord!" schreeuwt Treesje.

Andrea: "Zij gaat níet mee als we uitgaan. Ik wil haar er niet bij hebben."

Ook Treesje draait zich naar Esmé.

"Weet je, ik doe nooit iets sociaals. Nooit eens iets samen met anderen. Het moet wel van mijn psychiater, maar ik vind het eng. Tenminste, ik vónd het eng, want nu ga ik sociaal doen. Dingen met anderen delen is goed voor mijn ontwikkeling, zegt mijn psychiater. Dus ik ga wél mee als we uitgaan!"

Andrea is klaar met de afwas en schuift tussen Hans en Bobbie in. Ze steekt een sigaret op. Treesje blijft op een vertrouwelijke toon tegen Esmé praten.

"Ik ga ook roken. Dat is een sociale bezigheid. Vraag een vuurtje en je hebt meteen een praatje. Het voordeel van roken is ook dat je kunt stoppen en dat is weer goed voor je imago. Dan bewondert iedereen je doorzettingsvermogen."

Iedereen luistert met open mond naar Treesje. Ook Hans. Wat zitten sommige mensen toch vreemd in elkaar. Dit had hij nooit achter Treesje gezocht. Hij dacht altijd dat ze gewoon raar was, omdat ze zo was. Nu beseft hij dat ze raar is omdat ze dat wil en daar serieus over heeft nagedacht. Rikkie neemt een grote slok van zijn cola, net als Treesje vraagt: "Wie is hier nog maagd?"

Rikkie verslikt zich. Steven geeft hem wat klapjes tussen zijn schouderbladen.

"Andrea, ben jij nog maagd?"

Andrea draait verontwaardigd haar gezicht weg. Hans glimlacht en schudt zijn hoofd naar Treesje.

"En Bobbie, ben jij nog maagd?"

Bobbie kijkt haar ongelovig aan. Even vergeet hij zijn rol van Don Corleone.

"Wat denk je nou? Dat vrouwen mijn goddelijke lichaam kunnen missen?"

Treesje kijkt naar Rikkie.

"Ik ben wel maagd", zegt ze tegen hem, "maar volgend jaar wil ik naar de mode-academie. Dan is het wel erg raar om maagd te zijn, niet? Daarom ga ik me laten ontmaagden. Deze week…"

"Je laten ontmaagden is een hele sociale bezigheid", antwoordt Rikkie.

Bobbie, Steven en Rikkie kaarten nog een potje, Hans heeft geen zin meer. Hij gaat naar het dek waar Ties op zijn gitaar zit te tokkelen. Zachtjes zingt hij iets, om vervolgens verwoed notities te maken. Hans gaat naast hem staan.

"Hoi."

"Hoi."

"En?"

"En wat?"

"Hoe gaat het met de muziek?"

"Goed."

"Hm. Wat vinden anderen ervan?"

"Als ík het maar mooi vind."

"Kun je daar nou een beetje de kost mee verdienen?"

"Nee pa, daar kan ik niet de kost mee verdienen."

"Sorry hoor." Zo bedoelde hij het niet.

Ties vervolgt. "Ik red me wel. Beetje varen. Mooi werk."

Hans begrijpt zijn broer niet. Wil Ties nu varen of zingen? Hij dacht dat Ties het allemaal voor elkaar had, maar nu is hij daar niet meer zo zeker van.

"Je kunt toch niet je hele leven een beetje blijven varen en een beetje blijven zingen? Zeilen. Gitaar spelen. Dat zijn hobby's. Je moet toch een keer gaan wérken?"

"Ik begrijp niet dat jij denkt dat dat de enige keuze is die je moet maken. Het leven heeft veel meer te bieden dan werken en geld verdienen. Waar is de lol, wat dacht je van gezelligheid? Er zijn ook mensen die gewoon plezier willen maken!"

Zo had Hans het nog niet bekeken. Ties gaat verder.

"Zelfs als ik niet zou zingen, dan ga ik nog niet voor pa werken... Wat ik niet begrijp is waarom jij er zo'n probleem van maakt. Volgens mij ben jij gewoon bang voor hem."

Ai. Dit gesprek verloopt niet zoals Hans het wil. Hiervoor is hij niet naar boven gekomen. Hans denkt even na over de woorden van Ties. Is hij inderdaad bang voor zijn vader? Zo heeft hij het nog nooit bekeken. Hij heeft bewondering voor hem, maar bang?

"Of heeft pa je een vette bonus beloofd? Dat heeft hij bij mij wel geprobeerd, maar dat is niet gelukt. Wacht eens even..." Ties houdt op met tokkelen.

"Moet jij soms proberen om mij aan het werk te krijgen?"

Hans begint te blozen. Dom natuurlijk, om te proberen zijn broer voor de gek te houden. Dat is hem nog nooit gelukt.

"Dat is het. Pa stuurt zijn ene zoon om de andere op te halen. Pa blij, zoons blij, lang leve de familie Nijboer. Nou, vertel op. Wat krijg je? Een stereo. Een scooter?"

"Sorry Ties. Ik heb me vergist", stamelt Hans. "Ik dacht dat het leuk zou zijn om samen het bedrijf over te nemen. Wij zijn de enigen die vader nog heeft."

"Pa is maf."

"Pa is verdrietig." Hans kijkt Ties indringend aan.

"Hmpf. Zal best." Ties draait zijn gezicht weg, maar Hans weet dat hij hem begrijpt. Na het overlijden van hun moeder wisten beide broers niet wat ze met hun emoties aanmoesten. Omdat Ties vlak daarna richting Spanje vertrok, hebben ze er nog nooit écht over gepraat.

"Denk jij nog vaak aan haar?" Hans tuurt naar wat andere boten.

"Iedere dag. Nee... dat is niet waar. Toen ik hier net zat, iedere dag. Nu wordt het minder. Vreemd eigenlijk, ik heb nooit beseft hoezeer ik aan haar gehecht was."

"Wat mis je het meest dan?"

"Gewoon, de dingen die ze deed. Zelfs het kwaad zijn. Weet je nog met die brommer? Jij kreeg goed op je lazer!"

Hans moet er hartelijk om lachen als hij eraan terugdenkt. Hij weet het nog goed. Ties had de hele dag aan een brommer geknutseld en Hans zou hem wel even uitproberen. Met het gas vol open kon hij de brommer niet houden en reed hij recht op zijn moeder af. Zij stond de was op te hangen en kon hen maar net ontwijken. De brommer nam drie schone lakens mee en sloeg af. Hans zette het op een lopen, maar zijn moeder haalde hem in voordat hij drie passen had gezet. Ze verkocht hem een paar ferme tikken.

"Wacht hier, ik moet even iets pakken."

Hans gaat naar zijn hut en komt terug met twee autosleutels.

"Pa heeft ons allebei een auto beloofd als ik je mee terug zou nemen."

"Wat? Een auto? Wat voor auto?"

"Een Landcruiser. Hier."

Hans gooit een sleutel naar Ties.

"Rood of groen? Jij mag kiezen."

Ties gooit de sleutel terug naar Hans.

"Ongelooflijk! Zie je wel? Die lul denkt dat alles te koop is. Nou, mij niet gezien."

Hans steekt de sleutel weer in zijn zak. Hij wist het wel, Ties is niet om te kopen.

"Ach, omkopen. Het gaat mij niet om de auto. Ik wil gewoon succesvol zijn. Dat we daarbij twee Landcruisers krijgen, is mooi meegenomen."

"Mij niet gezien."

"Zonder jou heb ik er ook geen zin in."

"Nou dan." Ties loopt weg, maar wat bedoelde hij? Moet

Hans dan maar niet bij het aannemersbedrijf gaan werken? En zijn vader dan? Of Andrea? Allebei verwachten ze dat Hans in de zaak gaat. Hij kan het niet maken om nu ineens nee te zeggen. Laat Ties hem nu in zijn eentje hiervoor opdraaien? Ties moet mee naar Nederland, dat is hij verplicht. Hans trekt nog maar een blikje bier open.

Hoofdstuk 5

Zure nasmaak

De Nederlandse beachclub van Eivissa ligt op een hoge rots. Aanplakbiljetten op de huizen geven aan dat hier vanavond een Nederlandse band speelt. Hans, zijn broer en de rest van de groep gaan naar binnen. De bar van de beachclub is ingericht met felle uiteenlopende kleuren en verkoopt alle mogelijke soorten drank. Op het met riet overdekte podium staat een aantal muziekinstrumenten. Het is afgeladen vol. Binnen bestelt Hans voor de jongens direct twee biertjes. De meisjes hebben aan één Breezertje genoeg. Ties staat naast Hans en spreekt de barman aan.

"Hé Chris. Alles goed?"

"Tuurlijk Ties. Z'n gangetje. Familie?"

Chris knikt naar Hans.

"Mijn broertje. Hans, dit is Chris. Hij is de eigenaar van deze tent. Zeg Chris, doe jij nog een Full Moon Party dit jaar?"

"Absoluut niet. Krijg je alleen maar gedonder mee."

"Waar wel? Op Formentera?"

"Geen idee. Zeg schipper, ik heb het razend druk. Haal jij even wat kratjes bier voor me?"

Ties loopt weg. Hans deelt de drankjes uit. Bobbie is in gesprek met een meisje met een roze topje en knalroze lippenstift.

"Is dat hier de klederdracht?" vraagt Bobbie.

Het meisje lacht. Bobbie kijkt even naar Esmé die op de dansvloer staat. Heeft zij gezien dat hij met een ander meisje praat? Esmé danst er lustig op los. Teleurgesteld komt Bobbie weer bij de groep staan.

"Ze heeft lippenstift met fruitsmaak!" schreeuwt Bobbie naar Hans. Die steekt zijn duim op. Hans ziet zijn vriend liever met Esmé, maar ja. Bobbie moet het zelf weten. Die is alweer terug bij het meisje en fluistert wat in haar oor. Zijn arm ligt soepel om haar middel. Als het meisje hem glimlachend toeknikt, legt Bobbie ook zijn andere arm om haar middel en begint hij haar spontaan te zoenen. Als hij is uitgezoend, keert hij terug naar zijn vrienden.

"Frambozen!"

Hij likt over zijn lippen. De hele groep moet lachen, Esmé kijkt met een zuur gezicht de andere kant op. Achter haar loopt eigenaar Chris het podium op.

"Oké vrienden. Vandaag hebben we voor het eerst een band uit Holland. Speciaal ingevlogen voor een optreden in mijn beachclub. Jongens en meisjes… hier zijn Sacha en The Groove!"

Onder luid applaus stormen de bandleden het podium op. Hans ziet dat de sensuele Sacha Ties een knipoog geeft. Met opgetrokken wenkbrauwen kijkt Hans zijn broer aan.

"Dat leg ik later nog wel uit!"

Uit de boxen klinkt harde muziek. Die Sacha heeft een stem als een klok. Naast Hans schreeuwt Natasja iets tegen Steven. Intussen wijst ze naar een jongen in een strak wit shirt. Steven schudt daarop zijn hoofd, maar kijkt nog eens naar de jongen, die hem een vette knipoog geeft. Steven bloost hevig.

De zoenpartij van Bobbie heeft kwaad bloed gezet bij Esmé. Ook zij gaat op jacht. Elke jongen die haar passeert krijgt een flirtende blik. Ze laat een wat oudere jongen met een flitsend Hawaï-shirt zelfs aan haar billen zitten! Hans ziet hoe Esmé Bobbie uitdagend aankijkt. Nu is het de beurt aan Bobbie om zijn wonden te likken. Esmé roept iets bij de jongen in zijn oor. Hans en Bobbie zien hem verrast reageren en direct met Esmé naar buiten lopen. Dat het zo snel zou gaan, hadden

Bobbie en Hans niet verwacht. Hans loopt naar zijn vriend.

"Leuk hier, man!"

Bobbie kijkt zuur.

"Helpt het als ik zeg dat het je eigen schuld is?"

Bobbie schudt zijn hoofd. Ties komt erbij.

Hans knikt naar de band. "Wie zijn dat?"

"Vrienden van Chris uit Amsterdam."

"Leuk meisje…"

"Hm, haar neus is te groot en ze is heel arrogant. Voor mij hoeft het niet. Tussen twee zangers kan het toch nooit wat worden." Ties maakt een wegwerpgebaar.

"Je bent verliefd!" Hans geeft Ties een plagende por in zijn maag.

"Je bent hartstikke verliefd man!"

"Valt best mee. Ik heb haar pas één keer gesproken. Ze kan wel heel mooi zingen, moet je horen!"

Hans: "Moet je horen? Ik heb mezelf het afgelopen half uur niet kunnen verstaan. Wat een blèrwijf. Hé, sorry nog van vanmiddag. Ik weet het allemaal niet zo goed meer."

Hans krijgt van Ties een vriendschappelijke klap op zijn schouder.

"Hou op joh, het is al goed."

"Oké. Waarom sta jij eigenlijk niet op het podium?" vraagt Hans. "Dat kun jij toch ook wel?"

"Ik weet het niet… het brengt allemaal zoveel met zich mee."

"Ik weet het niet? Zingen is toch je toekomst? Dan moet je er wél volledig voor gaan. Als je dat niet doet, dan kun je net zo goed in de zaak komen werken…"

Ties staart naar het podium. Hij twijfelt.

"Hmpf, het komt wel een keer."

"Dat zeg je al jaren. Wat is ervan gekomen? Een barman op een eilandje in de Middellandse Zee kent je voornaam… en nu?"

Op dat moment loopt Chris langs. Hans houdt hem direct tegen.

"Chris?"

"Wat? Ik heb het nogal druk…"

"Mag mijn broer hier een keertje komen spelen? Hij speelt geen covers, maar alleen eigen nummers…"

"Wie? Schipper? Prima. Wanneer?"

Ties sputtert wat tegen.

"Over twee weken lig ik weer in de haven en misschien kunnen…"

"Morgen." Hans duwt Ties naar achteren.

"Je bent gek. Morgen moeten we weer verder en dan…"

Chris: "Nee hoor, schipper, morgen is prima. Kom 's middags even langs. Dan kun je wat soundchecken."

Chris loopt verder, Ties blijft met open mond achter. Hans springt op zijn rug en schreeuwt het uit: "Ties gaat spelen, Ties gaat zingen!"

Midden in de nacht komt de hele groep gearmd terug in de haven. 'Tiesje, Tiesje' klinkt het aan één stuk door. Ties sjokt achter de groep aan. Hans straalt. Dat heeft 'ie goed geregeld. Morgen gaat zijn broer doorbreken! Dat kan niet anders.

"Wat ga je morgen zingen?" Natasja blijft wat achter en legt haar hand op Ties' arm.

Voordat hij iets kan zeggen, schreeuwt Bobbie hen toe.

"Ties. Ties Naifarmer. Star of the century! Blijven we op dit eiland? Is de Full Moon Party hier, of moeten we nog verder zoeken?"

Zonder te antwoorden, loopt Ties direct zijn hut in, de groep verbaasd achterlatend.

"Tiesje, Tiesje, Tiesje…" Hans en Bobbie stampen gearmd de boot rond.

"Wat is er met Ties?" Esmé loopt de boot op.

"Ties gaat zingen, Ties gaat dansen! Ties gaat…" Bobbie zijn geschreeuw stokt.

Esmé heeft een kleurig Hawaï-shirt en een zomerse broek aan.

Andrea grijnst, zij heeft het door. "Was het lekker?"

"Ik heb me wel geamuseerd! Nu ga ik slapen. Daaag." In het voorbijgaan trakteert Esmé Bobbie nog even op een valse blik. Alle ogen zijn nu gericht op Bobbie. Dan loopt hij kwaad weg.

"Hé, kom eens hier." Hans trekt Andrea op schoot.

"Zul je altijd bij me blijven?"

Andrea kijkt hem verbaasd aan.

"Ja, tuurlijk."

"Ook als er dingen veranderen?"

"Wat zal er veranderen dan? Wij hebben toch alles goed uit-gestippeld? Dáár ging het tussen Bobbie en Esmé fout. Bij ons niet: jij slaagt, ik slaag. Jij neemt het bedrijf van paps over en samen gaan we veel geld verdienen."

Dan, nog wat indringender: "Samen!"

Hans is gerustgesteld. Ze heeft gelijk. Tussen hem en Andrea komt het allemaal wel goed. Morgen moet hij maar eens met Bobbie praten. Misschien kan hij zijn vriend nog ergens mee helpen.

"Zullen we gaan slapen?"

Aangeschoten tilt Hans Andrea op.

"Zal ik jou eens even naar je bedje brengen?"

Hoofdstuk 6

Vraagstukken

De volgende ochtend ligt de groep op het dek te zonnen. Ties staat aan het roer. Op het rustige water laat de boot een bruisend spoor achter. Ties heeft iedereen vroeg uit bed geschopt. Hij wil vandaag lekker zeilen om zich rustig voor te bereiden op het optreden. In het keukentje smeren Hans en Andrea broodjes voor de hele groep.

"Hoe vond je het gisteren?" vraagt Andrea.

"Vet. Die beachclub is wel cool. Ik hoop dat het vanavond net zo druk wordt…"

"Voor Ties?"

"Ja, kan hij eindelijk laten zien dat hij goed kan zingen."

"We zijn hier toch om Ties mee naar huis te nemen? Dat lukt niet als het vanavond een succes wordt…"

"Ach, als het Ties lukt, kan die rotauto mij gestolen worden."

Hans maakt intussen een lekker broodje klaar. Eerst ham, dan kaas en tot slot een dun laagje mayonaise. Liggend op de kajuit kijkt Bobbie het keukentje in.

"Voor mij extra veel mayonaise, Hans! Mayonaise is gezond."

Andrea loopt naar boven om de eerste broodjes uit te delen. Als Hans bovenkomt, staat iedereen rond Rikkie.

"Wat doen jullie?"

Bobbie draait zich om.

"Een spelletje op de laptop van Rikkie, maar die kan er niets van. Van spelletjes spelen weet Rikkie niets, maar porno downloaden kan hij als de beste, nietwaar Rikkie?"

Lachend duwt Hans de groep iets uit elkaar.

"Wat ben je aan het doen?"

Met de laptop op zijn schoot kijkt Rikkie omhoog.

"Oh, gewoon. Een spelletje dat ik ontworpen heb... Kijk, hier is de hoes."

Op de hoes staat heel groot het logo van Playstation afgebeeld.

"Wat lul je nou Rikkie? Dit is ontworpen door Playstation. Niet door een nerd van het Twentse platteland."

"Kijk eens op de achterkant. Wat staat daar?"

Hans draait het spelletje om en leest hardop voor.

"Designed by Richard Kuperus."

"Fuck. Heb jij een Playstation-spel ontworpen?" roept Bobbie. Hij staart ongelovig naar het beeldscherm.

"Hoe heb je dat geflikt?"

"Het was een wedstrijd in programmeren. Ik heb gewonnen en mijn spel werd door Playstation uitgebracht. Later is er ook een pc-versie van gemaakt."

Iedereen staart met open mond naar Rikkie. Dit hadden ze niet achter hem gezocht.

"Wil jij eens, Bobbie? Jij schijnt erg goed te zijn in spelletjes."

Deze uitdaging laat Bobbie niet aan zich voorbij gaan. Rikkie start het spel op en Bobbie begint verwoed op de toetsen te drukken. Intussen legt Rikkie het spel uit.

"Het is geen gewoon spelletje, maar een IQ-test."

"Oh ja? Dat is interessant." Esmé buigt zich over de schouder van Bobbie om mee te kijken. Hans glimlacht. Bobbie schuift ongemakkelijk heen en weer.

"Je moet problemen oplossen. Ruimtelijk inzicht en snelheid bepalen het resultaat. De uitslag is gelijk aan de hoogte van je IQ."

"Heb je daar ook geld voor gekregen?" vraagt Andrea nieuwsgierig.

"Mwa, een paar eurootjes."

"Een paar eurootjes? Sukkel!"

"Zo!"

Bobbie is klaar. De hele groep kijkt afwachtend naar het scherm.

Esmé: "Hoeveel heb je?"

Op het scherm verschijnt groot het getal 46. Rikkie start het spel opnieuw. Nu gaat Esmé aan de slag.

Bobbie wacht gespannen af.

"46. Is dat veel?"

"Hebben jullie de Nationale IQ-test niet gezien?" vraagt Rikkie. "100 is het gemiddelde."

Andrea kijkt even op van het beeldscherm.

"Dan is 46 dus behoorlijk laag."

"Volgens mij doet die computer het niet goed", zegt Bobbie.

"Die computer of jouw hersens?"

"Klaar!"

Op het beeldscherm verschijnt 112. Esmé grijnst naar Bobbie, die de laptop meteen weer overpakt.

"Laat mij nog eens. Ik moest alleen even inkomen. Hoe start je een nieuw spel, Rikkie?"

"Shift ingedrukt houden en dan Control N."

Bobbie gaat nu echt goed zijn best doen. Hans steunt hem.

"Kom op, nu moet het lukken. Zeg Rikkie, heb je nog meer spelletjes ontworpen?"

"Nog niet."

"Nog niet?"

"Volgend jaar ga ik voor een bedrijf werken waar ze spelletjes ontwerpen."

Ze kijken elkaar aan. Dat is niet niks. Op het scherm van Bobbie verschijnt 36.

"Gemiddeld 41. Knap hoor, Bobbie!"

Esmé stookt het vuurtje verder op.

"Een poffertje is nog slimmer."

Bobbie duwt de laptop in de handen van Rikkie en loopt kwaad weg.

Even verderop knipt en plakt Natasja er lustig op los. Bobbie komt bij haar staan.

"Wat ben je aan het doen?"

"Ik maak een flyer voor het optreden van Ties. Die kunnen we door Chris laten kopiëren en vanavond met de groep uit-delen. Hier: 'Ties Nijboer! Star of the century!' Daaronder plak ik een pasfotootje die ik nog heb van Ties. De beachclub zal stampvol staan!"

Bobbie loopt door.

"Gek wijf…"

"Wat gaan jullie eigenlijk allemaal doen, na school?" vraagt Treesje ineens. Niemand heeft haar nog gezien die ochtend, maar nu komt ze ineens onder een zeil vandaan. Nog steeds heeft ze een zwarte cape om. De anderen lopen allemaal in zwembroek of bikini.

"Esmé, wat wil jij bijvoorbeeld worden?"

"Hm, dierenarts."

"En jij, Bobbie?"

"Absoluut niet. Ik weet het nog niet."

"Je wilt toch wel iets worden?"

Rikkie antwoordt voor Bobbie.

"Intelligent."

Hans lacht. Dit is vandaag al de tweede keer dat Rikkie Bobbie voor gek zet. Daar moet iets aan gedaan worden, maar Bobbie is blijkbaar zelf al iets van plan. Hans ziet zijn vriend naar de losbungelende val van het grootzeil kijken. De val komt via een katrol hoog in de mast beneden weer uit.

"Andrea, wat ga jij doen?" gaat Treesje verder.

Andrea slaat haar armen om Hans heen.

"Trouwen. Daarna zien we wel."

Hans herinnert zich dat ze ooit over trouwen hebben gesproken, maar volgend jaar al? Hij is dan nog niet eens twintig!

"En jij Hans?"

"Ik word uitvoerder."

"Wil je dat, of moet je dat?"

Hans denkt na. Natuurlijk wil hij uitvoerder worden. Toch? Zo is het al vanaf zijn twaalfde. Wil hij wel de komende veertig jaar langs bouwterreinen sjezen?

Andrea kust hem.

"Tuurlijk wil 'ie dat!"

Hans haalt zijn schouders op.

"Maar wat wil jij zelf, Hans?" Treesje kijkt hem indringend aan.

"Wat wil jíj eigenlijk worden, Treesje?" vraagt Hans snel.

"Ontmaagd", roept Bobbie.

Hij heeft inmiddels een lus in een touw gemaakt en geeft Hans een knipoog.

Treesje: "Ik wil graag een rolgordijn worden, zodat iedereen mij kan gebruiken om de zon af te schermen."

Ze draait zich om en loopt weg. Bobbie en Hans maken gebruik van de gelegenheid. Ze trekken de lus om het been van Rikkie. Dan springen ze met het touw het water in. Het touw spant en via de katrol wordt Rikkie de lucht in gehesen; de laptop nog in zijn handen. In zee schateren Hans en Bobbie het uit.

"Gooi maar naar mij, Rikkie", zegt Treesje, die het erg zielig vindt.

Tegen vijven loopt de boot de haven van Eivissa weer binnen. Wanneer ze aanleggen, springt Natasja van de boot en rent naar Chris. Even later loopt Hans met een grote stapel flyers in zijn handen. Een groep Engelse jongens probeert de flyer te lezen.

"Taais Nai… Naaisboer?"

"Ties Nijboer. He is my brother and you have to come. He is very good!"

Achter Hans houdt Natasja een aantal Ajacieden aan.

"Hé, waar komen jullie vandaan?"

"Rotterdam! Zeg, hebben ze hier ook al proppers?"

"Nee hoor, dit is éénmalig. Vanavond treedt een Nederlandse zanger op: Ties Nijboer."

"Krijgen we gratis bier van jou? Je bent een propper, toch?"

"Kom nu maar gewoon."

Hans is al snel door zijn flyers heen. Hij maakt zich los van de groep en gaat in de schaduw achter een muurtje zitten. Echt prettig voelt hij zich niet. Hij zit met de vraag van Treesje in zijn maag. Andrea had voor hem geantwoord… Waarom durfde hij niet gewoon hardop te zeggen dat hij niet bij zijn vader in de zaak wilde werken? Bobbie komt om het muurtje gelopen.

"Hé, hier ben je. Wat ben je aan het doen?"

"Oh niks. Kom, we gaan eten."

Hoofdstuk 7

Het optreden

Die avond is de bar tjokvol. Hans bestelt het zoveelste blad bier, hoewel de meesten hun glas pas half leeg hebben.
"Hier, doordrinken."
Hans is al aangeschoten. Hij leegt zijn glas in één teug en klimt op een stoel. Bobbie moedigt hem als enige aan.
"Yeah, kom op, Hans. Laat eens iets horen!"
"Vrienden! Vanavond kunnen jullie getuige zijn van een historische avond. Kom allemaal kijken naar Nijboer 1… en Nijboer 2."
Iedereen klapt. Hans wijst naar het podium.
"Op het podium, Nijboer 1. De talentvolle. De Nijboer die zijn eigen weg koos. De beroemde."
"Yeah. De beroemde Nijboer", joelt Bobbie.
"Precies Bobbie, heel goed gezien! Vanavond wordt Nijboer 1 een ster en als hij het straks helemaal gemaakt heeft, kunnen jullie zeggen: Ik was erbij die eerste avond!"
Bobbie: "Ik was er ook bij, ik ook!"
Hans wijst op zichzelf. "Nijboer 2. De laffe sukkel die als hij straks doodgaat nooit iets bijzonders heeft gedaan. De Nijboer die niet eens voor zichzelf durft op te komen…"
Hans steekt een gebalde vuist in de lucht.
"Applaus!"
Geen reactie. Zelfs Bobbie klapt niet. Waarom niet? Hij kijkt Hans vreemd aan. Hans begrijpt er niets van. Hij heeft toch een geweldige speech gehouden? Zegt hij eindelijk dat hij een sukkel is en dan waardeert niemand het. Misschien moet hij meer drinken.

"Iemand nog een biertje?"
Bobbie draait als antwoord zijn rug naar hem toe en fluistert Esmé iets in haar oor. Steven gaat met een jongen naar buiten en Treesje staat met een of andere freak te zoenen. Laten al zijn vrienden hem nu in de steek?
"Andrea, nog een biertje?" vraagt Hans dan maar.
"Het is beter als we even rustig aan doen. Ties treedt zo op. Als jij helemaal laveloos bent, is dat niet leuk voor hem."

Eigenaar Chris loopt het podium op.
"Ladies and gentlemen! Vanavond hebben we een heel speciaal optreden. Deze zanger heeft drie jaar geleden het regenachtige Nederland verruild voor de Spaanse zon. Vanavond is zijn eerste officiële optreden. Geef hem daarom een hartelijk applaus… Ties Nijboer!"
Ties loopt langzaam het podium op. Zenuwachtig frommelt hij wat aan zijn gitaar. Hans moedigt hem luidkeels aan. Naast Hans staat Sacha, de zangeres van de vorige avond. Ook zij begint Ties toe te juichen. Ties pakt de microfoon van de standaard.
"Hallo", zegt hij schuchter.
De microfoon begint te piepen. Geschrokken zet Ties hem weer terug. Tijdens zijn eerste gevoelige akkoorden spreekt hij het publiek met een trillende stem toe.
"Dit nummer gaat over de stilte bij zonsondergang. Die is het mooiste op het platteland, waar ik vandaan kom."
"Ja, dat horen we zo ook wel", roept iemand uit het publiek. Het is één van de Ajacieden van vanmiddag. Iedereen lacht, behalve Hans en zijn vrienden. Ties houdt even op met spelen. Dan waagt hij een tweede poging. De jongen in het Ajaxshirt aapt zijn dialect na.
"Mooi man."
Weer gelach. Hans loopt naar de grappenmaker toe en geeft hem een duw.

"Doe eens normaal."

"Met Buiz'n Berend op het podium?"

Nu schreeuwt iemand anders.

"Oerend hard!"

Ties heeft het moeilijk. De jongen in het Ajax-shirt doet er nog een schepje bovenop.

"Hé boertje, speel eens Oerend hard!"

Nu beginnen alle Ajacieden te schreeuwen.

"Boertje, boertje, boertje."

Ties stopt met spelen en kijkt vertwijfeld naar Chris. Wat moet hij doen? Hans weet niet waar hij moet kijken. Die eikels verpesten alles voor zijn broer.

"Doorspelen Ties, laat ze maar zeiken!"

Het heeft geen zin meer. De Ajacieden beginnen te hossen en te zingen.

"Oeoeoeoerend hard kwoamen sie doar angescheurd."

Hans houdt zich met moeite overeind.

"Klootzakken", schreeuwt hij.

Ties rent van het podium af en verdwijnt door een zijdeur. Tot overmaat van ramp zet de barvrouw de muziek weer aan. Op dat moment krijgt Hans van één van de Ajacieden een elleboog in z'n zij. Hans draait zich om en geeft de jongen zo'n harde duw dat hij omvalt.

"Klootzak."

Hans wil Ties achterna, maar hij ziet zijn weg versperd door twee vrienden van de gevallen jongen. Dan voelt Hans een klap op zijn achterhoofd. Als hij zich omdraait, raakt iemand hem vol op zijn kaak. Hans is duizelig, maar toch weet hij de derde klap te ontwijken. Hij laat dit niet op zich zitten. Met een woeste brul valt Hans aan, maar de hele Ajax-groep stort zich nu op hem. Moet hij zich hier tegen verzetten? Hans geeft het op, wat maakt het ook uit. Zijn grote broer loopt weg. Ties was degene die alles goed had geregeld, die alles onder controle had. Als in een vertraagde film ziet Hans dat

Bobbie door twee jongens wordt tegengehouden. Even glimlacht Hans; op Bobbie kan hij wél rekenen. Bobbie roept hem.

"Hans!"

Hans schrikt op uit zijn gedachten.

"Kom op dan, is dit alles wat jullie kunnen?" roept Hans.

Hij voelt iets warms langs zijn wang lopen en in zijn mond proeft hij de smaak van bloed. De Ajacieden kijken Hans verbaasd aan en stoppen met slaan. Dan staat Chris ineens voor hem.

"Jij. Naar buiten."

Buitengekomen duwt Chris even tegen Hans aan.

"Ben je helemaal gek geworden? In je eentje tegen een hele groep? Idioot. Goed, kom hier, dan zal ik eens naar je kijken."

Bobbie en Rikkie komen aanrennen. Andrea is nergens te bekennen.

"Wat is er gebeurd, waarom deden ze dat?"

Rikkie en Bobbie praten door elkaar.

"Ik weet niet, iemand gaf me een elleboog… Toen ik terugduwde, kreeg ik de hele groep over me heen. Waar is Andrea?"

"Hier ben ik al."

Andrea duikt op achter Bobbie.

"Wat dacht je dat je aan het doen was? Sukkel!"

"Lieverd, ik ben in elkaar geslagen! Iets meer medeleven zou leuk zijn."

"Waarom laat je je in godsnaam in elkaar slaan?"

"Ik weet het niet. Het kan me ook niets schelen…"

Verder wil Hans het niet uitleggen.

"Kom, we gaan terug naar de boot."

Hoofdstuk 8

De wedstrijd

"Je had gelijk." Ties kijkt op van zijn gitaar als Hans de volgende ochtend zijn hut binnenloopt.

"Wat bedoel je?" Hans gaat naast zijn broer op het bed zitten.

"Wat je zei over mijn muziek. Ik speelde gisteravond twee concerten; mijn eerste en mijn laatste. Misschien moet ik wel gewoon met je meegaan. Ties Nijboer is toch geen muzikant. Ties Nijboer is een handelaar in veevoer. Of de zoon van een grote aannemer. Je krijgt je zin…"

Met opgetrokken wenkbrauwen kijkt Hans zijn broer aan.

"Aan het einde van deze week ga ik met jullie mee. Deze flauwekul moet maar eens ophouden. Ga ik gewoon lekker een beetje in die auto langs de bouwplaatsen crossen…"

"Wacht even."

Hans staat op en rent naar zijn kamer. Hij heeft een raar gevoel in zijn buik. Is het blijdschap of verdriet? Wat moet hij ervan denken? Ties ziet er niet echt gelukkig uit.

"Hier."

Nog nahijgend houdt Hans een sleutel omhoog.

"Die is voor jou."

In één veeg maait Ties alle bandjes en muziekspullen van tafel. Dan pakt hij rustig de sleutel van Hans.

"Die is van de rode."

"Best."

"Moet ik je helpen met opruimen?"

"Nee, dat lukt wel. Hoe gaat het trouwens met je gezicht?"

"Het trekt een beetje. Ik red me wel."

Bobbie kijkt kwaad in de richting van de boot die vijftien meter verderop ligt.

"Wat is er aan de hand?" vraagt Hans als hij aan dek komt.

"Esmé zit op dat schip, met die gozer met dat Hawaï-shirt. Moet je zien hoe die kwal haar probeert te versieren!"

"Zeg maar dat we vertrekken, dan komt ze wel."

Bobbie schreeuwt naar Esmé: "Kom je? We gaan zo."

Esmé leunt over de reling.

"Ga je weg? Ga dan! Ik blijf lekker hier."

"Prima, als je het zo wilt, dan kan dat… Hans, waar is Ties?"

"In zijn hut, maar hij heeft weinig zin om te zeilen, denk ik."

Even later komt Bobbie met een brede glimlach weer terug aan dek.

"We gaan, Ties vindt het goed als wíj zeilen!"

"Gaaf, we zullen dat Hawaï-hemd eens even wat laten zien. Steven, gooi jij ons los?"

De jongen met het Hawaï-shirt merkt dat de jongens aanstalten maken om te vertrekken.

"Goed zo, gooi de trossen maar los", lacht hij. "Haal nog even de staart tussen je benen weg! Straks struikel je daarover. Waar gaan jullie eigenlijk naartoe?"

Bobbie: "Gaat je niets aan. Esmé kom je?"

Hans start de motor. Bobbie komt bij hem aan het roer staan.

"Waar gaan we naartoe?"

"Vedranell."

Ze horen de jongen weer roepen.

"Wie gaat er zeilen? Jij, Popeye?"

Bobbie begint nu echt kwaad te worden.

"Gaat je geen reet aan! Esmé, nú komen! We gaan naar Vedranell."

"Wedstrijdje?" Het Hawaï-shirt daagt Bobbie uit.

"Goed! Wie het eerst op Vedranell is. Toch Hans?"

"Tuurlijk, die lul moet van jouw meisje afblijven."

Andrea heeft de hele discussie van een afstandje gevolgd. Ze komt bij Hans staan, terwijl de twee kemphanen elkaar de huid vol schelden.

"Hans, die boot is van je vader."

Andrea klinkt bezorgd.

"Er gebeurt niets, we zeilen alleen iets sneller dan normaal naar Vedranell", stelt Hans haar gerust.

Bobbie komt erbij staan.

"Esmé blijft op die boot. Wat nu?"

Hans: "Andrea, haal de huik van het fokzeil. Rikkie… nee, Steven, prepareer jij het grootzeil?"

Iedereen gaat direct aan de slag. Zij aan zij varen de boten de haven uit. Als ze tegen elkaar dreigen te botsen, hangt Natasja snel een stootboei tussen de boten. Toch kan ze niet verhelpen dat de boten elkaar schampen. Andrea schrikt van het gekraak.

"Hans, sukkel. Zie je wat ervan komt? Stop onmiddellijk! Wat zal je vader hier wel niet van denken?"

Terwijl ze dat zegt, knijpt Andrea in de arm van Hans. Hij schudt zich los.

"Op wie ben je eigenlijk verliefd, op vader of mij?"

"Hé, wat gebeurt hier allemaal?"

Ties wrijft slaperig met één hand over een plek op zijn achterhoofd.

Natasja: "Ze doen een wedstrijdje."

"Wedstrijdje? Wie dan? Zijn jullie helemaal gek geworden?"

"Hé, komt er nog wat van? Gaan we nog racen?" roept de schipper van de andere boot.

Ties reageert niet en richt zich tot Hans en Bobbie.

"Een boot is geen speelgoed. Kom hier met dat roer. Hans, laat het fokzeil zakken. Idioot."

Ties gooit het roer om. De andere schipper ziet de race in het water vallen.

"Laffe hazen!"

"Ja ja, maffe Belg", schreeuwt Ties terug.

Dan ziet hij tot zijn schrik enkele schippers op de andere boot tevoorschijn komen; het zijn de Ajacieden! Ze beginnen direct te scanderen.

"Hé boertje! Boertje, boertje!"

Ties doet alsof hij het niet hoort, maar Hans ziet aan zijn broer dat hij het moeilijk heeft. Het geschreeuw gaat door.

"Boertje, moet je soms terug naar de koeien? Moeten ze gemolken worden?"

Ties kookt nu van woede. Hij knikt naar Hans, die hem direct begrijpt. Ten aanval!

"Hans, het grootzeil. Bobbie, de fok. Andrea: zwemvesten aan."

Andrea schrikt van de toon van Ties en snelt de kajuit in om zwemvesten te halen. Hans en Bobbie werken zo hard ze kunnen. De andere boot heeft inmiddels een forse voorsprong; de uitdaging is daar met gejuich ontvangen. Ties kiest dezelfde koers als de Ajacieden.

Bobbie: "Kom maar op, we zullen eens laten zien wat zeilen is."

Ties stuurt de boot nog iets verder van de wind. Natasja, Steven en Rikkie krijgen zwemvesten van Andrea. Treesje zit angstig weggedoken in de kajuit. Met Ties aan het roer lopen ze langzaam in.

Ties: "Opgelet, we gaan gijpen."

Rikkie trekt een vragend gezicht.

"Gijpen?"

Ook Natasja haalt haar schouders op. Als Rikkie nietsvermoedend langs de kajuit loopt, hoort hij iets achter zich. Hans probeert nog te roepen, maar het is al te laat. Rikkie kijkt om en ziet de giek recht op zich afkomen. Zonder nadenken grijpt hij zich met twee armen vast aan de zwiepende giek. Een seconde later hangt hij buitenboord met zijn voeten in het water. Ties lacht, Hans niet.

"We moeten de race winnen…"

Ties begrijpt het.

"Steven, haal Dirkie eens binnenboord."

Steven voert wat handelingen uit waardoor de giek weer boven de boot komt. Met een zucht van verlichting laat Rikkie los.

"Dirkie, hier komen, je hebt ons al veel te veel tijd gekost", commandeert Ties.

Rikkie meldt zich bij de kapitein. Ties legt de handen van Rikkie op het roer.

"Rechtuit blijven varen."

Bobbie: "Ties, kijk dan man."

Hans kijkt Bobbie vragend aan. Hij weet ook niet wat Ties aan het doen is. De boot van de Ajacieden loopt weer langzaam uit.

"Komt goed, we winnen wel. Dames, meekomen."

Samen met Natasja en Andrea loopt Ties naar de voorkant van het schip. Daar haalt hij een spinnaker tevoorschijn.

"Kijk, vastmaken."

Ties spant twee lijnen, haalt ze door het blok en brengt ze naar de achtersteven. Daar geeft hij ze aan Steven en Hans. Zij moeten de spinnaker bedienen. Ties neemt het roer over van Rikkie. Het schip schiet vooruit en het gat met de Ajacieden wordt snel kleiner. Dan gooit Ties het roer om.

Bobbie: "Ga er dan langs man, je kunt er toch langs?"

"Niet aan deze kant, dan neemt hij me de wind uit de zeilen."

Rikkie kijkt verbaasd.

"Oh, daar komt die uitdrukking vandaan."

Ties heeft geen tijd voor Rikkie. Hij manoeuvreert de boot vlak achter de andere boot langs.

"Jongens, klaar?"

Hans en Steven zetten zich schrap.

"Wacht even", roept Bobbie, die zijn lijn wat laat vieren. Beide boten varen gelijk op. Bobbie en Esmé staan ineens tegenover elkaar.

"Esmé, spring aan boord!"

"Nee, ik blijf hier. Ik zie je straks wel."

Bobbie lijkt uit het veld geslagen, maar herstelt zich snel.

"Kom op!"

Hij kijkt naar Hans en Steven. Ties lacht tevreden.

"Hé stadslui! We zullen eens laten zien wat oerend hard is!" Ties geeft Hans en Steven een seintje. De spinnaker opent zich en een zeil ontvouwt zich voorop de boot. Al gauw liggen ze meters voor. Ties kijkt tevreden achterom. Ook de Ajacieden doen pogingen om een tweede zeil klaar te maken.

"Ze halen ons toch nooit meer in. Voordat ze dat klaar hebben, zijn wij al lang en breed bij Vedranell. Die sukkels van Ajax kunnen helemaal niets meer winnen."

Iedereen juicht, behalve Bobbie. Hans loopt naar hem toe.

"Wat is er?"

"Esmé. Wat ziet ze in die loser? Ik ben toch veel leuker?"

"Natuurlijk ben jij veel leuker. Alleen moet je misschien eens wat aan je neus laten doen, Bobbie, die is écht veel te groot." Bobbie grinnikt. Hans weet hem altijd wel op te beuren.

"Let op!"

Bobbie loopt naar achteren en trekt zijn broek omlaag. Hij bukt voorover en slaat met zijn handen op zijn blote billen. Hans rent naar hem toe en doet precies hetzelfde. Zelfs Rikkie komt bij de twee vrienden staan om zijn hagelwitte billen aan de concurrentie te tonen. Lachend zeilt de groep verder. Vedranell is in zicht.

Hoofdstuk 9

Failliet

De boot met Esmé en de Ajacieden is definitief uit het zicht als de groep bij Vedranell aanlegt. Het rotsachtige eiland, het kleine broertje van de grote rots Vedrà, ziet er schitterend uit. Rikkie en Treesje spelen op de laptop, Hans soest wat op het dek als Bobbie naast hem komt zitten.

"Hé."

"Hé…"

Bobbie installeert zich en een lange stilte volgt. Hans merkt aan Bobbie dat hij iets wil zeggen, maar besluit om zijn vriend niet aan te sporen. Als Hans bijna in slaap sukkelt, komt Bobbie overeind.

"Hans…"

"Hm?"

"Hoe moet het nu verder tussen mij en Esmé?"

"Tsja, jullie zijn niet echt aardig tegen elkaar geweest de afgelopen dagen. Wil je eigenlijk wel wat met haar?"

"Ik weet het niet. Ik weet alleen dat ik straks ergens ga studeren en dat Esmé in Zwaanlo blijft… Hoe kunnen we dan nog iets met elkaar hebben?"

"Als je elkaar écht leuk vindt, kun je alles. Dan maakt het niet uit waar je woont."

Ties loopt langs en even zwijgen de jongens.

"Ik ben even weg", zegt Ties. "Ik zie jullie straks wel weer."

"Oké, tot straks."

Als Ties hen niet meer kan horen, vervolgt Hans het gesprek.

"Als je elkaar leuk vindt, kun je samen alles oplossen."

Bobbie denkt een ogenblik na.

"Hoe zit het tussen jou en Andrea? Hebben jullie nooit ruzie?"
"Jawel, soms. Maar door erover te praten, lossen we alles op."
"Jullie hebben het ook veel makkelijker. Geld zat in de toekomst. Daar zou ik ook wel een relatie op kunnen bouwen."
"Bobbie, Andrea vindt mij leuk om wie ik ben, niet om mijn geld."

Esmé komt de loopplank opgelopen. Zonder iets te zeggen, gaat ze bij Rikkie zitten. Treesje gaat de kajuit in. Als ze langs Bobbie en Hans loopt, roept Bobbie haar na.
"Hé Waanwolf, nog een beetje ontmaagd?"
Hans begrijpt dat hun serieuze gesprek is afgelopen.
Het antwoord van Treesje is serieus. "Nee, dat schiet niet erg op… Heb je tijd?"
"Gek wijf."
Hans staat op. Als hij bij Esmé en Rikkie komt, geeft het scherm net 116 aan.
"Yes, alweer boven het gemiddelde!"
Esmé steekt juichend haar handen in de lucht. Dan, met opgetrokken wenkbrauwen: "Zeg Rikkie, wat ik niet begrijp, is dat Bobbie, die toch niet echt heel dom is, steeds zoveel minder dan de anderen scoort."
Rikkie neemt de laptop over van Esmé.
"Bobbie is ook niet erg dom, maar ook niet erg slim. Kijk! Een nieuw spel begin je door op Control N te drukken. Alleen Bobbie begint een nieuw spel steeds door daarnaast de Shiftknop ingedrukt te houden. Kijk, speel maar."
Rikkie geeft de laptop aan Esmé en start het spel op met Shift Control N. Esmé doet haar uiterste best met de opgaven, toch is haar score slechts 32. Vragend kijkt ze Rikkie aan. Hij grinnikt.
"Ik heb het spel zo geprogrammeerd dat wanneer je de Shiftknop indrukt, je score altijd onder de 50 is. Hoe goed je ook speelt…"

Esmé: "Hij is dus niet zo stom."

"Nee, alleen heel vervelend."

Grinnikend geeft Esmé de computer terug aan Rikkie. Bobbie komt er ook bijstaan. Hij heeft net een milkshake gekocht.

"Esmé, wil jij een slokje?"

Bobbie geeft zijn milkshake aan Esmé.

"Dank je."

"Zullen we vanavond iets samen gaan doen?" vraagt Bobbie voorzichtig.

Esmé denkt even na en knikt dan. Ze kijkt hem schuin aan en zegt: "Bobbie, waarom heb je niet gewacht met uitmaken tot je zeker wist dat je geslaagd was?"

"Ik wil het helemaal niet uitmaken."

"Ja, ja."

Esmé laat zich niet zomaar van de wijs brengen.

"Maar goed. Straks komen de uitslagen en dan blijk je niet geslaagd te zijn. Ik bedoel, met jouw IQ is dat goed mogelijk. Zou je het dan wel of niet hebben uitgemaakt?"

"Fuck mijn IQ. Ik ben zeker geslaagd. Ik heb de antwoorden op internet gecheckt."

"Jij hebt ook overal een antwoord op, hè."

Bobbie grijnst. Als hij een smekend gezicht opzet, kan Esmé hem niet weerstaan. Ze buigt naar hem toe en geeft hem een zoen.

Bobbie: "Oké, het is weer aan. Maar als ik straks studeer, wil ik wel anderen kunnen zien…"

Pof! Esmé geeft Bobbie een harde stomp in zijn maag en loopt kwaad weg.

"Lul, jij snapt er ook geen zak van."

Later op de middag zit de hele groep op het terras. Alleen Ties en Treesje ontbreken. Ties kwam enkele minuten geleden langslopen met zangeres Sacha en de drummer van de

band. Treesje had die avond ervoor met de drummer gespro-
ken en was meteen achter ze aangesprint. Bobbie riep nog
wat flauwe dingen naar Ties, waardoor hij nog sneller door-
liep.
"Laat hem toch, Bobbie. Ties kan wel wat afleiding gebrui-
ken."
"Hoezo?"
"Hij heeft me vanochtend verteld dat hij mee terug naar
Nederland gaat om in de zaak te werken!"
Hans pakt zijn mobieltje uit zijn zak en loopt even weg van
het terras om te bellen. De groep roddelt intussen door over
Treesje, die wel heel erg amicaal was met de drummer. Als
Hans met zijn mobieltje in de hand terugkomt bij de groep,
roept hij Andrea.
"An..."
Hans laat een stevige pauze vallen, met het gewenste effect.
Andrea kijkt bezorgd omhoog.
"Wat is er?"
Hans wenkt haar. Ze zonderen zich af.
"Ik kreeg net een telefoontje van pa..."
Weer laat hij een stilte vallen.
"Wat? Is oma dood?"
Hans schudt zijn hoofd.
"Wat dan?"
"We zijn failliet..."
"Wat?"
Andrea kijkt Hans met opengesperde ogen aan. Dit had ze
niet verwacht.
"We zijn failliet, het hele bedrijf is naar de klote."
"Naar de klote? Hoe kan dat?"
"Dat zei pa niet, maar ik denk dat de bruiloft straks heel
klein moet..."
Hans kruipt tegen Andrea aan en neemt haar in zijn armen.
Zij reageert onverwacht fel.

"Ik wil geen kleine bruiloft. Ik wil een hele grote, eentje waar Zwaanlo nog jaren over napraat. Ik weet nog hoe het was toen mijn vader failliet ging, tien jaar geleden. Hij is er nooit bovenop gekomen."

"Het is heel serieus. We hebben een miljoen schuld."

"Een miljoen! Mmm, dat miljoen krijgen we wel terug. En daarna moeten we door… Ik wil niet meer leven zoals toen."

Andrea kijkt hem vragend aan. Hans slaat zijn ogen neer, maar ze pakt hem bij zijn kin en dwingt hem haar aan te kijken.

"We moeten vechten. We moeten… We hoeven niet direct volgend jaar al te trouwen. We moeten eerst zorgen dat het weer goed gaat met het bedrijf."

En dan? Hans weet het niet en op dit moment wil hij het ook niet weten.

"Kom", zegt hij. "Ik heb zin in een biertje."

Hoofdstuk 10

Ruzie

Terwijl Hans en de rest de volgende ochtend genieten van een lekker ontbijtje, prepareert Ties fluitend de zeilen. Hans heeft hem niet gevraagd waar zijn goede humeur vandaan komt, maar dat hoeft ook niet. Net als Hans een hap van zijn brood wil nemen, stormt Treesje het dek op.

"Goedemorgen!"

Iedereen kijkt elkaar verbaasd aan.

Hans: "Hoe was het met die bassist?"

"Geweldig! Ik heb nog nooit zó geneukt!"

Steven verslikt zich in zijn melk.

"Je had toch überhaupt nog nooit... euh...?"

Bobbie staat op om Ties te helpen.

"Gaan we nog iets doen vandaag?"

"Jij wilde toch naar de Full Moon Party?"

"Weet je waar die is dan?"

"Formentera!"

De hele groep juicht. Vanavond gaan ze het écht meemaken. Een Full Moon Party! Elke maand organiseren de gaafste clubs van één van de omliggende eilandjes een feest. Precies op de avond dat de maan in volle glorie aan de nachtelijke hemel staat. Alle feestbeesten uit de omgeving komen op deze avonden af. De verhalen die de groep hierover hoorden, lopen uiteen van 'retegaaf' tot 'vet kicken'. Plotsklaps wordt het gejuich van de groep overstemd door gekrijs. Natasja staat met haar mobieltje aan haar oor te springen en te dansen.

"Ik ben geslaagd!"

Hans en de anderen rennen direct naar haar toe. Iedereen roept door elkaar.

"Hoe weet je dat?"

"Wie heb je aan de telefoon?"

"Wat had je voor cijfers?"

"Ik heb Eeftinck aan de telefoon."

Ook Ties komt bij de groep staan.

"Wie is Eeftinck?"

De hele groep draait zich met een ruk naar Ties toe.

"Eeftinck is de conrector."

"Eeftinck weet wie er geslaagd is."

Natasja maant de groep tot stilte. Met d'r mobiel aan het ene oor en een vinger in het andere, draait ze zich naar Steven.

"Ja ja, hier komt 'ie."

Ze geeft de telefoon over aan Steven. Na enkele seconden juicht ook hij. De telefoon gaat door naar Esmé. Ook zij slaakt een kreet van geluk.

"Yes! Wie nu? Rikkie? Ja, die is hier ook. Wacht even."

Esmé loopt naar Rikkie, maar voor ze hem kan bereiken, rukt Bobbie de telefoon uit haar handen.

"Ja ja. Met Bobbie… Nee, niet met Rikkie… WAT? Is Rikkie niet geslaagd? Dat is pech. En ik?"

Vertwijfeld komt Rikkie nu naast Bobbie staan. Hij niet geslaagd? Dat kan niet. Hij stond gemiddeld een acht voor zijn tentamens…

"Vet! Eeftinck, je bent een toffe peer! Wie moet je nu hebben? Andrea?"

Andrea wil de telefoon pakken, maar Bobbie is nog niet klaar.

"Zeg, Eeftinck…?"

Bobbies ogen beginnen te glinsteren.

"Je meurt onder je oksels!"

"Geef hier, Bobbie", zegt Andrea.

Het gejuich wordt nu iets minder. De hele groep weet dat

Andrea er het slechtste voorstond. Hans neemt alles van een afstandje gelaten op. Hij heeft al een vermoeden wat zijn uitslag zal zijn. Andrea juicht niet, maar kennelijk valt het toch mee.

"Eén her…"

Andrea geeft de telefoon aan Hans. Achter haar omhelst iedereen elkaar. Esmé omhelst Natasja, dan Steven, dan Andrea en voordat ze het weet staat ze Bobbie te omhelzen. Na een aantal seconden laten ze elkaar los, maar blijven wel dicht tegen elkaar aanstaan. Andrea ziet dat Hans gelaten de telefoon aan Treesje geeft.

"Hans, wat is er? Ben je niet…"

Hans haalt zijn schouders op. Dit had hij al aan zien komen. Ook Bobbie bemoeit zich er nu mee.

"Je bent toch niet gezakt…?"

Hans knikt. Nu weet iedereen het. De rest begint ongelovig door elkaar te praten. Zijn broer kijkt hem met één opgetrokken wenkbrauw aan.

"Dat kan niet."

"Je maakt een grapje."

"Je lult."

Alleen Rikkie reageert niet. Eeftinck legt hem uit dat hij uiteraard geslaagd is.

Andrea: "Hans, dat is toch niet zo?"

"Ik had een drie voor aardrijkskunde."

Hans gaat op de rand van de boot zitten. Andrea hurkt naast hem neer en legt haar arm om hem heen.

"Het is niet erg. Heus niet. Als je bij je vader werkt, heb je geen diploma nodig."

Hans kijkt haar schamper aan. Andrea vervolgt: "Ik weet niet wat er met jou aan de hand is."

Hans haalt zijn schouders op. Dan laat hij zich achterover het water invallen.

De drukte van de boot maakt plaats voor een ijzige stilte. Het water is koud en zorgt voor kippenvel op zijn armen. Hij besteedt er geen aandacht aan. Zonder adem te halen, zwemt hij zo ver mogelijk. Wanneer hij een eind verderop boven-komt, pakt Ties Andrea bij haar arm. Hans ziet zijn broer 'laat hem maar' of iets met die strekking zeggen. Bobbie zet harde muziek op en Hans duikt maar weer onder. Een fijne vriend is dat. Horen dat je beste vriend is gezakt en direct de muziek aanzetten. Hier onder water is alles een stuk beter. Geen gezeik aan je hoofd. Geen relatieproblemen of vragen over toekomstverwachtingen. Met zijn hoofd achter de paal van een steiger aanschouwt Hans de feestvierende groep op de boot. Andrea zit op het achterdek te bellen, terwijl Rikkie het voordek voor zich opeist. Breakdancend tolt hij op zijn rug om af te sluiten met een handstand. De rest moedigt hem met ritmisch geklap aan. Zo heeft hij Rikkie nog nooit gezien. Hans duikt maar weer onder water. Vreemd dat je onder water je ogen kunt openhouden. Hij blaast luchtbel-len uit. Hoe lang kun je het hier eigenlijk uithouden? Naar adem happend komt Hans weer boven en klimt aan wal. Hij wil alleen zijn. Op de boot gaat het feest gewoon door. Het kan blijkbaar niemand schelen dat hij is gezakt. Enkele minu-ten later staat Andrea naast hem. Ook dat nog. Ze lijkt geïrri-teerd, dit voorspelt niet veel goeds…

"Waar was je nou? Ik heb je overal gezocht."

Hans haalt zijn schouders op. Andrea wordt nu echt boos.

"Failliet? Jullie zijn helemaal niet failliet!"

Ze geeft Hans het mobieltje, dat hij gelaten aanpakt.

"Hallo?"

"Hans?"

Hans hoort zijn vader aan de andere kant van de lijn. Die staat natuurlijk op een bouwplaats, op de achtergrond is een enorm kabaal te horen.

"Hans? Wat is dat voor gelul dat we failliet zijn? A, het is niet waar en B, we gaan inderdaad failliet als die onzin de ronde gaat doen. Heb je me begrepen?"

Trillend houdt Hans de telefoon tegen zijn oor. Wat moet hij zeggen?

"HEB JE ME BEGREPEN?"

Hans zwijgt.

"Nou. Dat zakken is niet het einde van de wereld. Je doet gewoon herexamen. We regelen wel wat."

"Vijf onvoldoendes zijn niet meer op te halen."

"Hoe kan dat? Je schoolonderzoeken waren allemaal zevens en achten…"

Zonder op zijn antwoord te wachten, gaat Nijboer verder.

"Dan ga je volgend jaar maar naar het Luzac in Enschede. Ik heb je nodig op de zaak, maar niet als gesjeesd scholiertje."

"Pa? Ik wil helemaal niet in de zaak werken."

"Wat?" klinkt het aan de andere kant van de lijn.

Ook Andrea trekt haar wenkbrauwen op.

"Ik wil helemaal niet in de zaak komen werken."

"Hoe bedoel je?"

"Precies wat ik zeg."

"Wat zei je?"

"IK WIL NIET IN HET BEDRIJF."

"Dat kan niet. Alles is geregeld."

"Ja, dat is het probleem. 'Alles is geregeld'. Alles is altijd geregeld. Je hebt nooit gevraagd wat ík wil. Misschien wil ik wel een keer iets voor mezelf regelen."

Inmiddels is ook Ties bij Hans komen staan. Hij legt een hand op Hans' arm, maar die rukt zich los. Hij heeft nu even geen behoefte aan kalmte.

"Wat zou je dan voor jezelf willen regelen?"

Hans wordt woedend. Vandaag zal hij zijn vader eens duidelijk maken hoe alles volgens hem in elkaar steekt.

"Daar gaat het niet om! Het gaat erom dat ik vanaf het moment dat ik kon praten, ik alleen maar heb moeten luiste-

ren. Ik vraag me af waarom jij me eigenlijk hebt leren praten…"

"Wat is dat voor toon? Gaat het wel goed met je? We spreken
het zo af: ik bel wat rond om te kijken op welke school je
volgend jaar terecht kunt en dan komt alles in orde."

Hans vloekt. Zijn vader luistert wéér niet naar wat hij te zeggen heeft.

"Waarom denk je dat ik gezakt ben met 'allemaal zevens en
achten'? Omdat ik niet wílde slagen. Ik wil niet slagen omdat
ik dan in de zaak moet werken. Daarom heb ik mijn…"

Tuut, tuut, tuut! Nijboer heeft de lijn verbroken.

"… examen verkloot."

"Wat ga je volgend jaar doen?"

Andrea is de eerste die de stilte verbreekt.

"Weet ik niet."

"Maar als jíj het niet weet, wat moet ik dan?"

"Hoe bedoel je?"

"Wat moet ik dan als jij niet weet wat je gaat doen?"

"Liefje. Dat is juist het mooie. Jij hoeft niets. Ik hoef niets.
Samen hoeven we niets. We zijn van het hele gezeik af!"

Andrea wijst op haar voorhoofd en loopt kwaad weg. Hans
kijkt naar Ties, die hem verbaasd aanstaart.

"Toch?"

Hoofdstuk 11

Opgeven

De boot vaart rustig richting Formentera. Hans hangt moedeloos op het voordek. Zijn vader zal hem nooit toestaan om voor zichzelf te kiezen. Hij zal de rest van zijn leven in de zaak moeten doorbrengen. Nog vijftig jaar dingen doen waar hij helemaal geen zin in heeft... De anderen hebben Hans sinds het vertrek van Vedranell genegeerd. Veel behoefte om te praten, heeft hij trouwens ook niet gehad. Wat is er in godsnaam veranderd sinds vorige week? Toen zat iedereen tenminste nog gewoon op de havo en was alles koek en ei. Bobbie heeft het liedje 'Stil in mij' opgezet. Die jongen begrijpt écht niet hoe de wereld in elkaar steekt. Des te erger is het dat Bobbie de komende jaren nog wél een zorgeloos leventje kan leiden. Beetje studeren, beetje relaxen... Hetzelfde geldt voor Steven en Natasja. Ook zij vertrekken om de wereld buiten Zwaanlo te ontdekken. Hans wilde dat hij de tijd kon terugdraaien. Eén of twee jaar zou genoeg zijn... Zorgeloos rondhangen op het schoolplein was zoveel beter dan de situatie waarin hij zich nu bevindt. Andrea en hij hebben nu echt heftige ruzie. Na het telefoongesprek met zijn vader heeft ze geen woord meer tegen hem gezegd. Hoe moet het nu verder tussen hun tweeën? En met Ties? Sacha heeft de zanger in hem weer wakker geschud. Het is dus nog maar de vraag of Ties wel meegaat naar Nederland.

"Kolere!"

Bobbie zit voor de zoveelste keer achter een nieuw spel op de computer van Rikkie. Hans glimlacht. Wie gaat hem vertellen dat het spel op een andere manier wordt gestart?

Rikkie niet in ieder geval, zijn rug wordt net ingesmeerd door een blozende Treesje. Zij is nog wel even bezig, want ze heeft de halve fles op zijn rug leeggespoten. Links komt een boot vol feestende Spanjaarden langs. Zij zijn vast ook op weg naar Formentera. Dansende en juichende mensen zwaaien naar hun boot. Het kan Hans niet schelen. Hij heeft helemaal geen zin in de Full Moon Party…

Het ratelende anker schrikt hem op uit zijn gedachten. Hans kijkt op. Het water is lichtblauw en de zon zakt langzaam achter de horizon. De zandstranden zijn hagelwit. Zo moet het paradijs eruit zien, denkt Hans. Om hen heen liggen nog tientallen andere boten. Even verderop gooien jongens vanaf een boot een paar blikjes bier naar twee meisjes die in het water staan. Hans' vrienden lopen hem voorbij en springen in het ondiepe water, de boot schommelend achterlatend. Bobbie draagt drie sixpacks.
"We gaan aan land. Ga je mee?"
Andrea is achter Hans komen staan.
"Blijf bij me", vraagt Hans.
"Wat?"
"Laat de anderen gaan. Laten wij tweeën aan boord blijven."
"Waarvoor?"
"Ik wil gewoon even met z'n tweeën zijn…"
Hans wil Andrea aanhalen, maar zij houdt hem af.
"Wat moet ik nou met jou? Je wilt helemaal niets! Je wilt niet naar het feest, je wilt niet voor je vader werken…"
"Wil je niet…? Heb je dan nooit het idee dat er méér moet zijn? Ben je niet bang dat je straks je hele leven in Zwaanlo hebt gewoond zonder iets te hebben meegemaakt? Ik ben zelfs nog nooit in Amsterdam geweest."
"Wat heeft dat ermee te maken? Dan gaan we volgend jaar toch gewoon een dagje gezellig shoppen? De winkels zijn daar ook op zondag open."

Nu wordt het Hans allemaal teveel. Met een ruk draait hij zijn hoofd naar Andrea.

"Ik wil niet naar Amsterdam om te shoppen!"

Ook Andrea verheft haar stem.

"Wat wil je dan in Amsterdam doen?"

"Weet ik veel! Het gaat erom dat ik nu helemaal niet wíl weten hoe de komende zestig jaar eruit zien. Dat is op dit moment wel het geval. Daarom heb ik geen zin om te feesten… Jij wel?"

"Ja!"

"Ongelooflijk! Maak jij je dan alleen maar druk over de vraag of de winkels wel of niet open zijn?"

"Nou moet je goed luisteren, Hans…"

Even laat Andrea een pauze vallen.

"… wij zijn nu drie jaar samen. Altijd heb je gezegd dat je het bedrijf van je vader zal overnemen en nu zeg je dat je ineens niet wil…"

"Ja."

"Dus je hebt al die tijd gelogen?"

"Ja en nee. Toen wilde ik wel, maar nu niet meer."

"En je vraagt je niet af wat ik wil?"

"Wat wil je dan?"

"Dat jij de zaak overneemt."

Het begint Hans te dagen waarop dit gesprek gaat uitdraai-en…

"Dus?"

"Nou, je moet je aan de afspraak houden."

"En als ik dat niet wil? Als ik iets anders wil?"

Andrea zwijgt…

"En wat als ik volgend jaar in de kroeg ga werken?"

"Wat kan je nou als barman verdienen?"

Een lange stilte volgt. Hans weet wat dit betekent. Andrea vindt hem vooral leuk omdat hij de zoon van een rijke aannemer is. Als ze met hém trouwt, hoeft ze zich geen zorgen meer te maken om geld.

"Ik wil geen loser…"

Die opmerking kan hij in zijn zak steken. Andrea benadrukt in vier woorden waar Hans al die tijd over heeft nagedacht.

"Nou, heb je nog wat te zeggen?" gaat Andrea verder.

Hans schudt zijn hoofd.

"Oké, dan ga ik doen waarvoor ik gekomen ben; ik ga feesten."

Wat nu? Moet hij haar achterna of moet hij wachten tot ze zelf terugkomt? Daar lijkt weinig kans op. Met haar slippers in de hand waadt Andrea richting het strand. Ze kijkt niet op of om. Het is duidelijk dat ze Hans niet meer moet. Verdorie, drie jaar van zijn leven heeft hij met dat meisje verkering gehad. Drie jaar! En nu komt hij erachter dat ze voor status gaat en niet voor liefde. Hans vloekt, wat is hij boos op haar… Of is hij vooral boos op zichzelf? Had hij het niet allang kunnen zien aankomen? Elke keer wanneer ze uitgingen, betaalde Hans. Dat hoort immers zo? Dat Bobbie altijd Esmé gewoon laat meebetalen, moet hij zelf weten. Maar hoe meer Hans erover nadenkt: het is zelfs nooit voorgekomen dat Andrea überhaupt iets betaalde. Maar dat is niet eens zo erg. Hans heeft het geld, dus dat maakt hem niet uit. Wat hem meer dwars zit, is hoe vaak Andrea hem eigenlijk gesteund heeft in zijn toekomstideeën. Zolang die ideeën met het aannemersbedrijf te maken hadden, vond Andrea ze prima. Heel vaak koos ze gewoon de kant van zijn vader. De man met wie Hans nu ook al ruzie heeft. Waarom blijft niemand van de groep achter om Hans een beetje op te beuren? Natasja, Steven, Bobbie, Esmé en zelfs Rikkie en Treesje zijn allemaal naar de Full Moon Party vertrokken. *That's what friends are for…* Alleen Ties bevindt zich nog op de boot, maar of Hans aan hem iets heeft? Ties weet het zelf ook niet. Het ene moment wil hij terug naar Nederland, het andere moment kiest hij voor het zingen. Hans trekt een blikje bier open. In één keer leegt hij het blikje om er direct nog één uit de koelkast te pakken. Misschien ziet de wereld er iets kleuriger uit na wat biertjes…

Hoofdstuk 12

Eigen beslissing

De schemering zet langzaam in. Ties klimt uit de kajuit naar boven. Bijna had hij Hans, die nog steeds op het voordek zit, over het hoofd gezien.

"Ties?" Hans roept zijn broer.

Ties schrikt en draait zich om.

"Ties… wil je wel mee naar Zwaanlo?"

"Ik weet het niet. Wat moet ik anders? Ik kan hier toch niet mijn hele leven blijven?"

"Dan heeft pa toch zijn zin gekregen…"

"Ja."

Ties wil weglopen, maar Hans legt een hand om zijn been.

"Wat ga je doen?"

"Naar het feest. Sacha moet optreden."

"Blijf nog even."

"Nee, kom jij maar mee naar het feest. Misschien knap je daar wat van op."

"Ik heb geen zin. Blijf nog even."

"Nou, ik heb het Sacha beloofd. Doei."

Ties springt in het ondiepe water. Met grote passen plonst hij naar het strand. Hans kijkt hem na, nu is hij écht alleen. Op het strand is het één en al gezelligheid. Enkele mensen barbecuen boven een kampvuurtje. Flessen wijn en tequila gaan van mond tot mond. Hans kijkt naar de blikjes beneden. Gedachteloos draait hij de sleutel van de Landcruiser om zijn vinger…

Op het strand is een klein podium gebouwd. Sacha en haar

band treffen hun voorbereidingen. Even later schalt hun muziek over het water, Hans' gedachtestroom onderbrekend. Hier heeft hij geen zin in. Hij loopt naar beneden. Zelfs Ties, zijn grote broer, laat hem in de steek. Ties had toch ook bij zijn broertje op de boot kunnen blijven? Met een sissend geluid trekt Hans het zoveelste biertje open. Hoeveel zijn het er inmiddels? Acht, negen? De tel is hij lang geleden kwijtgeraakt. Zijn stemming is er ook niet beter op geworden. Wacht eens even...

"Van sommige word je heel vrolijk."

Ineens herinnert Hans zich de woorden van Treesje. Haar pilletjes! Die werken natuurlijk veel beter dan al dat bier! Hans rent het keukentje in waar Rikkie en Treesje al een aantal dagen verblijven. Haar etuitje, waar ligt haar etuitje? Ongeduldig rommelt Hans door de spullen van Treesje. Zoveel spullen had ze toch niet bij zich? Dan ziet hij het. Tussen haar gelukspoppetjes... Hans keert alles om op tafel. De strips maken een ritselend geluid. Op de achtergrond hoort Hans zachtjes de muziek van Sacha. Zijn broer zal het wel naar zijn zin hebben...

"Van sommige word je heel vrolijk."

Hans stamelt het zinnetje steeds voor zich uit. Van welke word je dan vrolijk? Het etui bevat een hoop bijsluiters, maar welke bijsluiter past bij welk pilletje? Hans leegt nog maar een blikje bier. Het kan toch niet moeilijk zijn om de juiste pilletjes eruit te vissen? Geen zwarte in ieder geval. Het lijkt Hans stug dat je daar vrolijk van wordt. Rood of oranje maakt meer kans. Rood? Nee, rood is een stoplicht... Oranje dan? Hans grist een aantal doordrukstrips van het tafeltje. Snel rent hij de trap weer op.

"Van sommige word je heel vrolijk."

Boven gaat Hans op de kajuit zitten, met zijn rug naar de feestvierende mensen. Hoeveel van deze pilletjes moet je nemen? Is één genoeg, of twee? Hoeveel nam Treesje er altijd? Hans drukt voor de zekerheid drie pilletjes uit de strip. Ze vallen met een zachte tik op het houten dek. Hij kan maar net voorkomen dat ze overboord vallen.

"Nou, daar gaan we…"

Hans gooit de pilletjes in zijn mond. Hij neemt een grote slok bier…

Na vijf minuten wachten is Hans het zat. Die pilletjes werken helemaal niet. Moet hij nog één of twee pilletjes proberen? Of juist een grotere, die zal zeker werken.

"Heel goed Bobbie, laat je beste vriend maar stikken."

Hans prevelt het voor zich uit. Zelfs Treesje heeft het beter getroffen. Met haar pilletjes kan zij tenminste haar eigen gemoedstoestand bepalen. Zij durft tenminste voor zichzelf op te komen. Zelfs dát durft Hans al niet. Hij heeft zijn vader maar één keer durven tegenspreken en dat haalde niets uit. Zijn vader verbrak gewoon de verbinding. Waarschijnlijk is hij direct daarop scholen gaan bellen voor Hans. 'Wat een zwakkeling is die zoon van mij', zal hij gezegd hebben. Dat vindt Andrea ook. Is er nog bier? Andrea versiert waarschijnlijk nu al een andere rijke gozer.

Hans voelt zich raar. Zijn maag lijkt niet in orde, maar door de sloten bier die Hans opheeft, kan hij niet helemaal thuisbrengen wat eraan scheelt. Op het strand staan hele drommen naar het optreden van Sacha te kijken. Sacha speelt een liedje in het Twents. Hé, is dat niet van Ties? Dan ziet Hans ook Ties het podium oplopen. Samen met Sacha begint hij een duet.

"Proost!"

Hans trekt nog een blikje bier open en proost op zijn broer. Lang duurt het optreden van Ties echter niet. Al na een halve minuut rent hij het podium af. Wat gebeurt er? Was de afgang in de beachclub nog niet erg genoeg? Moet hij nu ten overstaan van tien keer zoveel mensen weer afhaken? Wat een lul. Dan haalt Hans de overgebleven pilletjes uit de doordrukstrips. Op zijn hand liggen er nu tien of twaalf. Ze draaien nogal, Hans kan ze niet goed meer tellen… Of draait zijn hand? Gedachten schieten als flarden door zijn hoofd. Zijn broer is een loser, het is uit met zijn vriendin, zijn vrienden laten hem in de steek en zijn vader regelt zijn complete leven. Niemand kijkt nog naar hem om. Als hij nu dood zou gaan, dan zou het niemand wat kunnen schelen… In een opwelling gooit Hans de handvol pillen in zijn keel.

"Dit is de enige keer dat ik iets zélf kan beslissen."

Tijd om de laatste pillen met bier weg te spoelen, krijgt Hans niet. Zijn maag lijkt te exploderen…

Langzaam zakt hij weg.

"See you."

Hoofdstuk 13

Net op tijd

"Til hem op. Op zijn zij, snel! Zijn maag moet leeg."
Hans hoort een heldere stem, maar kan deze niet plaatsen.
Van wie is die stem toch? Waar is hij?
"Sta daar niet te wachten. Haal hulp! Bel een dokter."
Alweer die vrouwenstem. Wat is er aan de hand? Voor wie is
die dokter? Hans voelt geen pijn. Weer die vrouwenstem.
"Een emmer, vlug."
Wat moet ze met een emmer? Waar gebruik je een emmer
voor?
"Ik wil een emmer! Nu. Opschieten!"
Hans heeft een raar gevoel in zijn keel. Alsof er iets vast zit.
Hij kan het niet thuisbrengen. Langzaam beginnen zijn
gedachten zich te ordenen. Een hevig brandend gevoel in
zijn maag brengt hem ineens bij bewustzijn. De pijn is
ondraaglijk. Waar komt die pijn vandaan? Langzaam opent
Hans zijn ogen en kijkt recht in een monsterachtig gezicht.
Donkere, ingevallen ogen en warrig zwart haar. Snel sluit
Hans zijn ogen weer.
"Hé gekkie. Je bent er nog. Wat was je van plan?"
Hans reageert niet. Die stem! Van wie is die ook alweer? In
de hut is het bloedheet, maar toch rilt Hans.
"Geef ons een beetje ruimte. Iedereen naar buiten! Hans
heeft rust nodig en als jullie hier zo staan te gapen, dan
schiet dat niet op. Hup, eruit!"
In het gemompel dat ontstaat, herkent Hans één stem. Ties,
zijn broer!
"Dirkie, geef hier die deken!"

Rikkie? Die zat bij hem op school. Wat doet die gozer hier? Examens, Mallorca, Andrea, Bobbie, de zeilboot. In een flits komt alles voorbij. Kreunend van de pijn wil hij zich omdraaien, maar hij wordt door iemand tegengehouden. Het monsterachtige gezicht! Dat was vast Treesje, die weirdo uit zijn klas. Zij ook met haar rare pilletjes... Hans kreunt weer, maar nu is het niet van de pijn. Wat een lul is hij. Hoeveel biertjes en pilletjes heeft hij wel niet door elkaar genomen. En waarom?

"Het leven is te leuk om er nu al mee te stoppen", zegt de vrouwenstem.

Hans opent moeizaam zijn ogen en kijkt Treesje recht in de ogen. Moederlijk houdt ze hem in haar armen. Verder is er niemand in de hut, behalve Rikkie die bezig is met de dekens. Hij krijgt ze niet losgetrokken. Wat doet die rare Kuperus hier? Waar zijn al z'n vrienden? Treesje trekt een vies gezicht.

"Getver. Vergeet maar wat ik net zei. Wat ik eigenlijk bedoel..."

Ze kijkt Hans met een vreemde blik aan.

"... is dat er nog zoveel te genieten va..."

Waarom doet Treesje zo raar? Hans begrijpt niet veel van wat ze zegt. Wat lult ze nou?

"Nee, dat wil ik ook niet zeggen, dat zeggen ouders en die snappen er geen reet van. Die zijn nooit jong geweest."

Hans glimlacht. Nu weet hij wat ze bedoelt. Ouders snappen er geen reet van.

"Fuck 'm. Het hele leven is kut. Heel vaak kut. Laten we dat hier officieel vaststellen..."

Even kijkt Treesje omhoog om over haar volgende zinnen na te denken. Dan vervolgt ze.

"Ik heb het ook een keer gedaan. Met paracetamol, een jaar geleden. Dat spul vreet je nieren weg... Weet je, het gaat nu goed met me, maar het is niet makkelijk. Het is nog steeds...

Deze week was geweldig. Soms kan het best leuk zijn, zelfs zonder mijn pilletjes. Mijn psychiater heeft me geleerd dat ik keuzes kan maken. Dat ik zélf bepaal of ik gelukkig word. Daarom ben ik meegegaan op dit schoolreisje. Jij moet ook je eigen keuzes maken! Beloof je me dat?"

Hans knikt verbaasd. De altijd zo negatieve Treesje Waanwolf geeft hém hier een lesje levenslust! Dat had hij nooit kunnen vermoeden. Hans knikt nogmaals. Hij heeft haar begrepen. Nu pas merkt hij hoe moe hij is. Zijn ogen vallen langzaam weer dicht.

"Hans?"

Met moeite opent Hans nog eventjes zijn ogen.

"Als je dit aan iemand doorvertelt… laat ik je alsnog doodgaan."

Als enkele uren later de dokter Hans heeft gecontroleerd, druppelen één voor één zijn vrienden binnen. Ties voorop.

"Hé broertje, wat heb je gedaan?"

Ties slaat broederlijk een arm om Hans heen. Na het bezoek van de dokter is hij helemaal opgeknapt. Hij kan zelfs wat praten.

"Geen idee, weet jij het?"

"Je was dronken en we weten allebei hoe stom je dan kunt doen. Of nee… ik zeg het niet goed. We weten allebei hoe stom jíj dan kunt doen…"

Ties grinnikt.

"Je was hartstikke lam en hebt een heleboel pillen geslikt. En zoals je weet is dat een levensgevaarlijke combinatie."

Hans wil wat zeggen, maar Ties onderbreekt hem.

"Nee, je hoeft niets te zeggen. Ik wil niet weten waarom je het gedaan hebt. Het maakt me ook niet uit. Laten we het over wat leukers hebben. Wil je weten wie je gered heeft? Het zal je verbazen. Mevrouw Waanwolf! Zij was de enige die doortastend handelde toen wij jou half dood uit je bed zagen bungelen.. Treesje stopte meteen haar vingers in je keel zodat je moest braken. Je bent gered door Treesje Waanwolf, man!"

Hans knikt. Hij heeft het hele verhaal inmiddels in zijn hoofd gereconstrueerd.

"Ties, waarom liep je wéér het podium af?"

Met gefronste wenkbrauwen kijkt Ties Hans aan.

"Het podium afgelopen? Mijn optreden was juist een groot succes. Het klopt dat ik niet durfde tijdens het eerste liedje, maar bij de tweede poging liep het als een trein. Iedereen ging uit zijn dak. Ik kan zingen!"

Hans glimlacht. Ineens moet hij aan Andrea denken. Had zij het niet uitgemaakt?

"Waar is Andrea?"

"Die slet mag niet binnenkomen van mij. Gisteravond liep ze met Dirkie te flirten. Als we morgen op volle zee zijn, smijt ik haar overboord."

"Met Rikkie te flirten?"

Ties: "Hé Kuperus, hier komen."

Schuchter schuifelt Rikkie dichterbij.

"Hoe zit dat tussen jou en Andrea?"

"Ik weet het niet. We hadden het over mijn computerspelletje en dat ik daar zoveel geld voor had gekregen."

"Hoeveel?" vraagt Ties met samengeknepen ogen.

"Nou, ik zei laatst dat ik een paar eurootjes had gekregen. Ik bedoelde eigenlijk dat ik een paar eurootjes per spel krijg."

Hans probeert verbaasd overeind te komen, maar Ties houdt hem tegen.

"Hoeveel spellen zijn er verkocht?"

"De eerste oplage was 100.000, die is uitverkocht. Inmiddels maakt Playstation er nog 200.000."

"Da's een hoop geld, Dirkie. En dat heb je Andrea ook verteld?"

"Ja, en direct daarna begon ze aan me te zitten..."

Kebeng! Bobbie schopt de deur van de hut open. Met Esmé aan z'n zijde stormt hij de hut binnen.

"Wat een grafstemming hier, zeg. Is er iemand dood?"

"Dat scheelde niet veel", merkt Ties op.

Bobbie ziet de ernst op de gezichten.

"Wat?"

Weer neemt Ties het woord.

"Hans heeft met zijn zatte harses de pillen van Treesje naar binnen gewerkt."

"Wat?"

Bobbie kijkt naar Hans en schrikt. Hans zélf voelt zich al een stuk beter, maar hij ziet nog lijkbleek. Bobbie draait zich om en rent weg. Ties grinnikt.

"Die trekt morgen wel weer bij als de ergste schrik voorbij is."

"Hé, het was toch uit tussen jou en Bobbie?" vraagt Hans aan Esmé.

Zij komt wat dichterbij.

"Tijdens de Full Moon Party ben ik met Luc op zijn boot een stukje uit de kust gevaren…"

"Wie is Luc?" onderbreekt Ties haar.

"De jongen die jullie verslagen hebben met de zeilwedstrijd. Ik dacht dat ik hem leuk vond, maar toen ik alleen met hem was, merkte ik dat het een ontzettende eikel is. Hij begon aan me te zitten en wilde steeds verder gaan. Ik wilde dat helemaal niet."

Ties staat kwaad op.

"Heeft die lul je verkracht? Als dat zo is…"

"Nee, nee! Bobbie is achter ons aangeroeid. Toen hij bij de boot aankwam, zag hij Luc op me liggen. Ik schreeuwde het uit. Bobbie sprong op de boot en heeft Luc op zijn bek geslagen!"

Hans en Ties lachen en geven elkaar een high five.

"Is die Luc niet een kop groter dan Bobbie?"

"Jawel, maar je weet hoe Bobbie is als hij kwaad is. Hij schopte Luc snoeihard in zijn zak! Daarna zijn we vlug weggevlucht."

Met een huppelpasje verlaat Esmé de hut. Ties kijkt Hans aan. "Je moet maar eens gaan slapen, broertje. Het is een lange dag geweest."

Hans wordt wakker. Deed iemand de deur open? Hoe laat is het? Door een spleetje in zijn ogen ziet hij Andrea naar het bed lopen. Snikkend komt ze bij Hans liggen. Ze slaat een arm om hem heen. Hans doet net of hij slaapt. Wat moet hij doen? Haar lichaamswarmte voelt vertrouwd. Hans twijfelt. Het snikken wordt luider, Andrea streelt door zijn haren. Als Hans niet reageert, stopt ze en staat ze op. Andrea buigt zich over hem heen en geeft hem een kus. Een traan rolt van haar gezicht op Hans' wang. Dan loopt ze weg.

"Dag lieve Hans", fluistert ze.

Als Andrea de deur achter zich sluit, opent Hans zijn ogen. Dit was het definitieve afscheid. Ze zijn voorgoed uit elkaar. Onrustig glijdt Hans weg in een diepe slaap.

Hoofdstuk 14

Keuzes

Met een barstende koppijn wordt Hans de volgende dag wakker. Slaperig loopt hij zijn hut uit en strompelt langzaam de trap op. Halverwege stopt hij. Boven op het dek zitten Ties en Andrea te praten.

Andrea: "Ik begrijp het niet. Waarom doet iemand zoiets? Je kunt het toch zeggen als je ergens mee zit?"

"Sommige mensen laten zich niets zeggen", bromt Ties. Hij is nog niet vergeten wat Andrea gisteravond heeft gedaan.

"Zoals je vader?"

"Bijvoorbeeld."

"Maar je kunt hem hier toch niet de schuld van geven?"

"Nee, iedereen is schuldig, Andrea. Wij ook. We hadden meer tijd voor hem moeten maken."

"Ben ík ook schuldig?"

Andrea klinkt angstig. Ties stelt haar gerust.

"Jij, ik, pa. Iedereen. Hans kan blijkbaar niet tegen al die verwachtingen die iedereen van hem heeft. Waarom denk je dat ik hier naartoe ben gegaan? Het was de enige manier om van het gezeur af te zijn."

Hans strompelt het dek op.

"Maar ik deed braaf wat me gezegd werd."

Ties en Andrea kijken op.

"Ik vond het allang best. Hans neemt de zaak over, Hans gaat met Andrea trouwen. Zolang iemand me zei wat ik moest doen, hoefde ik tenminste niet zélf na te denken."

Ties en Andrea knikken begrijpend. Bobbie komt uit de kajuit.

"Ah, je leeft nog", roept Bobbie.

Hij omhelst Hans stevig.

"Wil je dat nooit meer doen?" fluistert Bobbie.

Hans schudt zijn hoofd. Ineens springt Bobbie van hem weg, luid schreeuwend.

"Getver, laat dat. Ik omhels je en jij zit meteen met je handen aan mijn kont, idioot."

Hans is opgelucht. Zo kent hij Bobbie weer.

"Idioot? Heb je wel eens naar jezelf gekeken?!"

's Middags varen ze terug naar Palma de Mallorca. Ties staat vastberaden aan het roer. Hans, Bobbie en Esmé liggen op het dek. Steven en Natasja hangen tegen de mast te dutten, Rikkie en Treesje zijn nergens te bekennen. Andrea zit alleen op het achterdek.

"Ik heb een cadeautje voor je gekocht."

"Dat is lief, Bobbie, dat had je niet moeten doen!" antwoordt Hans.

"Het is ook niet voor jou. Het is voor Esmé. Hier."

Esmé pakt haar cadeautje uit, het is lippenstift. Met een smaakje.

"Frambozen?"

"Aardbeien, ik hou niet van frambozen!"

Esmé staat op, loopt de kajuit in en komt terug met de laptop van Rikkie. Met Control N start ze het spel op.

"Probeer nog eens?"

Bobbie fronst zijn wenkbrauwen. Wat wil Esmé hem duidelijk maken? Hij begint. Iedereen wacht gespannen af. Terwijl Bobbie speelt, stift Esmé haar lippen.

"102. Zie je wel!" roept Bobbie triomfantelijk.

Esmé zoent hem op de mond.

"Lekker!"

Bobbie buigt zich naar Hans toe.

"Wil jij ook proeven, Hans?"

Hans schatert het uit.

"Als je het maar laat!"

Bobbie pakt Hans vast en probeert hem te zoenen. Esmé haalt ze uit elkaar.

"Kijk!" zegt ze en wijst ongelovig naar Steven en Natasja, die hevig staan te zoenen.

"Steven en…", roept Bobbie.

"Natasja…" vult Hans aan. "Zoenend…"

Hans en Bobbie kijken elkaar verbaasd aan. Zonder geluid te maken, vormen ze twee lettergrepen met hun mond.

"Ho-mo."

Dan kijken ze weer naar Steven en Natasja, die nu hand in hand naar hen toe komen.

"Ja, wat moeten we zeggen?" zegt een stralende Natasja.

"Laat maar zitten", zegt Bobbie. "Hebben jullie als beste vrienden altijd al geneu…"

"Beste vrienden…", smaalt Hans.

"Zo wil ik ook wel beste vrienden met Natasja zijn!"

Nu schateren Hans en Bobbie het uit. Bobbie streelt met zijn vinger langs Hans' wang.

"Oh Natasja, je bent mijn beste vriendin!"

Hans legt een hand op Bobbies been.

"Oh Steven, beste vriend!"

De twee jongens liggen krom van het lachen.

"Het gaat jullie geen reet aan", bitst Natasja.

Toch moet ze lachen. Steven neemt Hans en Bobbie mee naar het voordek, terwijl Natasja met Esmé het achterdek opzoekt.

Hans: "Steven, jij viel toch niet op meisjes? Je hebt nog nooit een vriendin gehad!"

"Ik had nooit een vriendin", legt Steven uit, "omdat ik al verliefd ben op Natasja zolang ik haar ken! Ik durfde het eerst niet te vertellen en toen we steeds vaker met elkaar omgingen al helemaal niet meer. Tot gisteravond."

"Maar…"

Bobbie fronst zijn wenkbrauwen en laat een stilte vallen. Steven houdt op met praten door het ernstige gezicht van Bobbie.

"… ik begrijp het niet. Als je geen homo bent..."

"Ja?" antwoordt Steven ernstig.

"Hoe kun je dan naar die nichterige muziek luisteren, man? Enrique Iglesias? Dat is toch een grap?"

Hij trekt Steven vriendschappelijk aan zijn oor, maar die trekt zich er niets van aan. Hij doet net of hij jeuk heeft aan zijn onderbeen, maar terwijl hij bukt, grijpt hij ineens Bobbie bij zijn kuiten en kiepert hem overboord. Proestend komt Bobbie boven. Hij kijkt verbaasd. Aan boord ziet hij de lachende gezichten van de anderen.

Met gestreken zeilen en Bobbie aan het roer komt de boot tegen de avond aan in Palma de Mallorca. Hans loopt naar de hut van Ties, die naar het plafond ligt te staren.

"Hé", mompelt Hans.

"Hé."

"We zijn er. Ik kom gedag zeggen."

"Wat ga je doen?"

Hans haalt zijn schouders op.

"Nog maar een jaartje naar school."

"En dan?"

"Rot op, nou klink je net als pa!"

Ze lachen.

"Ik heb nog een jaar om na te denken over mijn toekomst. Maar goed, ik weet in ieder geval wat ik níet wil!"

"Dat is al heel veel", zegt Ties.

"Ja, maar jij hebt makkelijk praten met je muziek."

Ties staart weer naar het plafond. Plots staat hij op en begint vlug zijn tas in te pakken.

"Wat doe je nu?" vraagt Hans verbaasd.

"Ik ga met jullie mee!"

"Huh?"

"Naar Nederland."

"Naar Zwaanlo?"

"Naar Amsterdam. Het wordt tijd dat ik die droom laat uitkomen."

Met een volgepropte tas loopt Ties de hut uit. Hans blijft achter en haalt een autosleutel uit zijn zak. Daar zwaait hij enkele malen mee rond. Boven hoort hij Ties orders geven.

"Het dekzeil moet over de giek. De sloep op het dek."

Hans komt aan dek en ziet iedereen daar in de weer.

"Ho, ho, ho", roept Hans.

"Vergeet dat opruimen maar... Ik blijf hier. Wie moet er anders op de boot passen?"

Met open mond kijkt iedereen Hans aan.

"Wat bedoel je?"

"Hé?"

"Wat?"

"Ik blijf", zegt Hans stellig. "Ik ga een jaartje uitzoeken wat ik wil. Ties wil naar Amsterdam. Kan hij mooi op mijn ticket!"

"En pa dan?" vraagt Ties.

"Fuck pa."

Hans haalt de autosleutel uit zijn zak. Even kijkt hij ernaar, maar dan gooit hij hem met een grote zwaai in het water.

"Zie je. Zo moeilijk is het niet!"

De broers omhelzen elkaar. Iedereen komt om ze heen staan, behalve Andrea.

"Wat ga je hier doen?" vraagt Bobbie.

"Weet ik veel. Mezelf verhuren als vakantieschipper, of zo. Ik zie wel."

Andrea staat nog steeds alleen. Hans merkt haar op en loopt naar haar toe.

"Hé."

Andrea staart stuurs in de verte.

"Hé, sorry", zegt Hans. "Het spijt me dat het zo gelopen is."

"Mij ook."

"Je bent beter af zonder me."

Andrea knikt, kust hem op zijn wang en loopt weg. Hans kijkt haar na.

"Je bent beter af zonder me", prevelt hij.

Een uurtje later staat iedereen bepakt en bezakt op de kade te wachten op de taxi's naar het vliegveld. Hans staat als een echte kapitein op de boeg.

"Hans! Kapitein Hansje!"

Bobbie, Esmé, Natasja, Steven en Andrea zwaaien naar hem. Trots steekt hij zijn vuist in de lucht. Bobbie loopt een laatste keer de boot op. Even lijkt het erop dat hij Hans wil omhelzen, maar hij vermant zich. Hij steekt zijn hand uit.

"Hou je haaks, man."

"Doe ik, Bobbie. Ga nu maar. Ik zie je wel weer."

Bobbie draait zich om en rent terug naar de groep. De taxi's staan inmiddels klaar.

"Waar is Waanwolf?" roept Esmé ineens.

Natasja doet de voordeur van de eerste taxi weer dicht.

"En Rikkie?"

Hans doorzoekt de boot naar de twee.

"Waanwolf? Rikkie?"

Ze zijn niet aan boord. Lichte paniek maakt zich van de groep meester.

"Rikkie?"

"Waanwolf?"

"Rikkie?"

Iedereen roept en zoekt, behalve Andrea. Zij staat te praten met een jonge Spanjaard in een cabrio. Ze kijkt hem verleidelijk aan. Hans slaat het tafereel glimlachend gade.

"Ik hoor iets in de sloep", roept Bobbie.

Met één ruk trekt hij het dekzeil weg.

"Nee!" schreeuwt hij.

De anderen komen aanrennen. In de sloep liggen Treesje en Rikkie, helemaal naakt. Met een verhit gezicht en zijn bril scheef op zijn hoofd probeert Rikkie nog snel weg te duiken, maar Treesje maakt het niet zoveel uit.

"Wat moeten jullie?" roept ze.

"We gaan."

Even later zijn ook Treesje en Rikkie klaar om te vertrekken en staat Hans weer op het dek. Hij kijkt zijn vrienden na.

"Waanwolf en Krikkie", roept hij met de handen aan zijn mond.

Gelach.

"Ik heet geen Waanwolf. Ik heet Treesje", schreeuwt ze terug.

"Ja, en ik heet Rikkie en geen… eh… Krikkie!"

De hele groep schatert het uit. Ze omarmen elkaar en lopen met z'n zevenen de steiger af.

Hans kijkt naar de lucht. In de verte ziet hij een vliegtuig. Op weg naar Nederland? Wie weet. Hans staat aan het roer en kijkt tevreden rond. Een knap, blond meisje brengt hem een kop koffie.

"Dank je."

Hans richt zich tot de groep scholieren op zijn boot.

"Oké, wie van jullie hier heeft eerder gezeild?"

Eén jongen steekt zijn hand op.

"Hoeveel jaar zeil je al?"

"Vier jaar."

"En als je de jaren met een Optimistje daarvan aftrekt?"

De scholier steekt twee vingers op.

"Zeg maar wat we moeten doen", zegt hij gelaten.

"Grijp jij die lijn daar. Dat is de schoot. Oké jongens. Daar gaan we. Welkom aan boord!"

Het Fanboek Volle Maan

Cast en crew werden vanaf de allereerste repetities
op de voet gevolgd door de makers van het Fanboek
Volle Maan. In dit kleurrijke boek lees en zie je de
afspiegeling van het bruisende leven op de set van
de filmhit van 2002! Het fanboek biedt een exclusief
kijkje in de filmwereld vol *glitter* & *glamour* en soms
ook haat & nijd. Verhalen over de voorbereidingen
op de film en de prachtige exclusieve setfoto's en
interviews nemen je mee naar de stranden van
Mallorca en Ibiza.

Reeds verschenen.
ISBN 90-77119-02-7

Jubileumboek 12,5 Jaar Goede Tijden, Slechte Tijden

Geen serie houdt zoveel mensen aan de buis
gekluisterd als Neerlands eerste en succesvolste soap
aller tijden: Goede Tijden, Slechte Tijden (GTST). Al
vanaf het allereerste seizoen in 1990 kregen de kij-
kers geen genoeg van Arnie en Linda, Peter Kelder,
dokter Simon en Annette, Rien Hogendoorn en al
die andere hoofdpersonen uit de eerste jaren. Alles
wat je weten wilt over Goede Tijden, Slechte Tijden
staat nu, geïllustreerd met prachtig fotomateriaal, in
één verrassend mooi hardcoverboek: mis het niet!

Verschijnt oktober 2002.
ISBN 90-805888-8-1

Het Starmaker/K-Otic-boek

Dit prachtige fanboek biedt een exclusief kijkje in de
wervelende wereld van het programma Starmaker.
Reportages over de voorbereidingen en audities,
interviews met de (star)makers, dagboekfragmenten
en levensverhalen van de talenten, gesprekken met
beroemde sterren en anekdotes uit de regie-en
redactieruimte: de lezer komt alles te weten over de
gang van zaken op en rond de Starcampus in Almere.
Naast verhalen bevat het boek tientallen fullcolour
foto's, songteksten, fanmail, opmerkelijke uitspraken,
en facts & figures. FC Klap was er van het prille begin
tot en met het eindconcert helemaal bij. Bij de ware
fan mag het Starmaker/K-otic-boek dan ook zeker
niet ontbreken in de boekenkast!

Reeds verschenen.
ISBN 90-805888-6-5